# ACTEVRS.

NITOCRIS.      Reyne de Babylone.

CLEODATE.      Fauory de Nitocris, A-
moureux d'Axiane.

ARAXE.      Prince d'Assyrie.

ATIS.      Confident d'Araxe.

AXIANE.      Princesse de Medie.

ALCINE.      Princesse d'Assyrie.

ACHATE.      Conseiller de Nitocris.

*La Scene est à Babylone.*

# NITOCRIS.
## TRAGICOMEDIE.

# ACTE I.
## SCENE PREMIERE,

### ARAXE, ATIS.

### ARAXE.

E N vain i'ay releué ma fortune abbatuë,
En vain de tant de gloire elle s'est reuestuë,
Son calme n'est pour moy qu'vn calme dan-
    gereux,
Et le bien que ie tiens ne me rend pas heureux.
Plus le destin me donne en cette ample carriere,
Et plus à mes desirs ie trouue de matiere.
Triste condition de l'homme infortuné
Dont le cœur n'est iamais ny content ny borné !

A

# NITOCRIS REYNE DE BABYLONE.

## TRAGICOMEDIE DE P. DVRYER.

A PARIS,

Chez ANTOINE DE SOMMAVILLE, au Palais, dans la
salle des Merciers, à l'Escu de France.

M. DC. L.

AVEC PRIVILEGE DV ROY.

Lors que ie m'imagine obtenir la victoire
De tout ce qui blessoit mon repos & ma gloire,
Ie trouue dans moy-mesme vn ennemy nouueau,
Mon propre esprit me gesne, & deuient mon bourreau.

### ATIS.

Qu'est-ce que vostre esprit se forme & se propose?
Et que desire-on quand on a toute chose ?

### ARAXE.

Helas quand vn esprit ne peut gouster son bien
Mesme en possedant tout il ne possede rien.

### ATIS.

On ne void toutefois aucun signe d'orage,
Et le Ciel est pour vous tranquille & sans nuage.
Vous tenez à la Cour & la place & le rang
Que doiuent occuper le merite & le sang,
Bref, on vous y regarde au degré de vos peres
Comme dispensateur des fortunes prosperes,
Seriez-vous malheureux dans ces heureux instans
Qu'vn seul de vos regards rend les autres contens?

### ARAXE.

Il est vray qu'à me voir parmi cette abondance
On doit me croire heureux, si l'on croid l'apparence,
Mais ce qui me tient lieu de cent calamitez,
C'est d'auoir vn égal qui marche à mes costez.

Que de biens & d'honneurs le Ciel nous assouuisse,
Il ne nous donne rien que pour noftre supplice
Lors qu'auec ses faueurs, un trait de son courroux
Nous donne un compagnon auffi puiffant que nous.

## ATIS.

Quoy Seigneur, Cleodate...

## ARAXE.

Oüy Cleodate mefme
Eft celuy que ie crains quand il faut que ie l'ayme.

## ARAXE.

Seigneur, c'eft toutefois par les foins qu'il a pris
Que vous eftes en grace auprés de Nitocris.
Pour vous fa feule main fidelle & genereufe
Souftint voftre fortune autrefois malheureufe;
Et par une vertu qu'on ignore à la Cour
Voftre calamité fit briller fon amour;
Enfin un Compagnon qui luy fera femblable
Eft plutoft un appuy qu'un fardeau redoutable.

## ARAXE.

Oüy, fa feule amitié plus forte que le fort
Dans mes iours orageux fut mon guide & mon port,
Et pour ne pas monftrer une ame trop ingrate
Ie doy ce témoignage aux foins de Cleodate.

*Mais c'eſt à mon auis le plus grand de nos maux*
*De deuoir noſtre gloire aux ſoins de nos égaux,*
*Et lors que de leurs mains on tient vne victoire*
*Confeſſer qu'on la doit c'eſt trop payer ſa gloire.*
*Vne ſecrette honte en reuient dans mon cœur,*
*En vain ie la repouſſe, en vain i'en ſuis vainqueur,*
*Touſiours elle y renaiſt, touſiours elle l'emporte,*
*Et plus elle y renaiſt, plus elle deuient forte.*
*Bref, ie crains que ce feu que ie laiſſe allumer*
*Me force de haïr ce que ie dois aymer.*
*Ie le confeſſe, Atis, ſes peines fortunees*
*Redonnerent le calme à mes triſtes iournees,*
*Mais enfin ie voudrois qu'ennemy de mon bien*
*Il m'euſt laiſſé perir pour ne luy deuoir rien.*
*Si le coup de ma mort ſi long-temps pourſuiuie*
*Euſt de mes ennemis la fureur aſſouuie,*
*Ie n'aurois pas la honte en ce pompeux eſtat*
*Et de deuoir ma gloire, & d'en paraiſtre ingrat,*
*Et peut-eſtre qu'heureux en mon malheur extreſme*
*Le ſort qui m'abaiſſa m'euſt releué luy-meſme.*
*I'ayme enfin Cleodate, & ſa fidelité,*
*Mais ie hay ſa fortune, & noſtre égalité;*
*Vn peu plus bas que moy c'eſt vn objet aymable,*
*Mais dans le meſme rang il m'eſt eſpouuentable;*
*Ainſi pour mon repos, & ſans plus y penſer*
*Il faut perdre de luy ce qui peut me bleſſer;*
*Et s'il ne ſe peut pas que ſa grandeur periſſe*
*Sans qu'il tombe luy-meſme au meſme precipice,*

Il n'importe qu'il tombe, & sans trouuer d'appuy
Que mesme cheute entraisne & sa grandeur & luy.
C'est foiblesse d'esprit, c'est estre mal-habile,
D'espargner vn amy quand sa perte est vtile.

ATIS.

Voulez-vous donc le perdre & le priuer du iour?

ARAXE.

Ie veux adroitement l'esloigner de la Cour,
Et durant son absence oster à sa fortune
Tout ce qu'elle a de grand, & ce qui m'importune,
Et le mettre en estat qu'il depende de moy,
Qu'il me doiue bien-tost autant que ie luy doy.

ATIS.

Le voici.

ARAXE.

Laisse-nous.

ATIS en se retirant.

Dieux quelle ingratitude!

ARAXE.

Vous paraissez atteint de quelque inquietude,
Auriez-vous des douleurs, seriez-vous en danger,
Sans que nostre amitié me les fist partager?
C'est m'auoir desia fait vne iniure trop grande
Que d'auoir enduré que ie vous le demande.

SCENE II.
ATIS, ARAXE,
CLEODATE.

### CLEODATE.

Il est vray, ie l'auoüe, vn furieux tourment
Me suit de tous costez, me presse incessamment ;
Enfin priué de force & presque sans remede
Ie vous viens maintenant implorer à mon ayde.

### ARAXE.

Ie suis prest, Cleodate, où faut-il donc courir ?
Faut-il viure pour vous, ou bien faut-il mourir ?
I'embrasse également ou la mort ou la vie.

### CLEODATE.

Vous pouuez sans peril contenter mon enuie.

### ARAXE.

Mais enfin quel tourment vous trauaille si fort ?
En quoy vous puis-je ayder ?

### CLEODATE.

　　　　　　　　　　　　Enfin par vn effort
A quoy l'on donnera de la gloire ou du blâme
Selon la passion que chacun a dans l'ame,
A moy-mesme propice ou cruel à mon tour
Ie me suis resolu d'abandonner la Cour.

### ARAXE.

*D'abandonner la Cour! ô Dieux, quelle surprise!*
*Cleodate en ce rang feroit cette entreprise!*
*Cleodate est assis dans le siege des Dieux,*
*Et lassé de sa gloire il veut quitter les Cieux!*
*Non, non, ie ne sçaurois…*

### CLEODATE.

*Non, non laisse-moy faire,*
*Au dessein que ie fay ne te rend point contraire.*
*Ie sçay que ta raison m'en voudra diuertir,*
*Ie sçay que ton amour n'y pourra consentir,*
*Mais si ie me fay tort souffre ie t'en conjure*
*Que mon esprit blessé me fasse cette injure.*
*N'oppose point ici ta peine & ton effort*
*A mon vaisseau brisé qui veut aller au port,*
*Et pour contribuer à le pousser toy-mesme*
*Et pour fauoriser ma passion extresme,*
*Tasche à te figurer que ma prosperité*
*Est vn puissant obstacle à ta felicité,*
*Que par vne foiblesse à l'homme trop commune*
*Ie puis me repentir de ta bonne fortune,*
*Que dans le rang de gloire où le Ciel nous a mis*
*Vn songe seulement peut nous rendre ennemis,*
*Et qu'il vaut mieux ceder vne si belle place*
*Que si tu me l'ostois ou que ie te l'ostasse.*

### ARAXE.

Ie ſçay que ton deſſein eſt grand & genereux,
Et qu'auec tes vertus il peut te rendre heureux,
Ie ſçay bien que la Cour ſi ſujette aux orages,
De meſme que la mer eſt vn lieu de nauffrages,
Et que s'en retirer quand on eſt dans l'honneur
C'eſt aller triompher, c'eſt vn nouueau bonheur
Que le ſort inconſtant qui ſe plaiſt à nous nuire
Auec tout ſon pouuoir ne ſçauroit plus deſtruire.
Bref, ie ſouhaiterois que ce meſme deſſein
Par vn peu de vertu pût naiſtre dans mon ſein,
Ie me ſignalerois par vne illuſtre fuite
Et t'en diſputerois la gloire & le merite.
Ie n'oſerois pourtant te donner ce conſeil,
De peur de me priuer d'vn amy ſans pareil,
Et n'oſerois auſſi par vn effort contraire
M'oppoſer à tes vœux de peur de te déplaire.
Mais au moins ne fay rien de trop precipité.

### CLEODATE.

Le Conſeil en eſt pris, le ſort en eſt ietté.
La Reyne a deſia ſceu de ma plainte ſecrette
Que mon plus grand bonheur conſiſte en ma retraite,
Et ſon eſprit diuin ſur le noſtre abſolu
Doit m'apprendre auiourd'huy ce qu'il a reſolu.
Mais enfin le ſecours le plus conſiderable
Que ma douleur attend de ton ſoing fauorable,

C'eſt

C'eſt de faire à la Reyne approuuer mon depart
Si ſon intention ſe portoit autre part.

### ARAXE.

C'eſt à tes ennemis, c'eſt à leur artifice
Que tu dois demander ce funeſte ſeruice.
Moy dont le bras armé voudroit te retenir
Ie m'irois employer à te faire bannir !

### CLEODATE.

Si le banniſſement eſt ma plus douce attente
Peux-tu mieux me ſeruir qu'en ce qui me contente ?
Qu'importe en quoy l'on ſerue vn cœur perſecuté
Pourueu que l'on le ſerue, & qu'on l'ait contenté.

### ARAXE.

Il faut donc malgré moy plaire à ta freneſie ;
Et te ſeruir enfin ſelon ta fantaiſie.

### CLEODATE.

Mais ne me promets pas pour nuire à mon deſſein.

### ARAXE.

Doutez-vous de ma foy ?

### CLEODATE.

Non, non, i'en ſuis certain.

*Mais en cette rencontre où tu sembles me plaindre,*
*Vn amy croid sans blâme, & nous tromper & feindre.*

### ARAXE.

*Non, ie ne feindray point, & ie te le promets*
*De suiure exactement tes vœux & tes souhaits.*

### CLEODATE.

*Si i'auois mis ton sort aussi haut qu'il doit estre,*
*Ainsi ton amitié m'en pourroit reconnoistre.*

### ARAXE.

*Mais ne sçauray-je point le subiet mal-heureux*
*Qui te rendra toy-mesme iniuste & rigoureux?*
*Faut-il que ie l'ignore & que tu m'y contraignes?*

### CLEODATE.

*Tu le sçauras, Araxe, afin que tu me plaignes,*
*Et que selon mes vœux ton propre iugement*
*Me condamne plutost à mon bannissement.*
*I'ayme, & mon cœur charmé du feu qui le deuore*
*Voudroit dire i'aimay, sans dire i'ayme encore.*
*I'ayme, mais d'vne amour qui ne peut rien souffrir,*
*Non pas mesme l'espoir qui pourroit le nourrir.*
*Mais laissons-là le mal & songeons aux remedes.*

## ARAXE.

*Mais enfin qu'aymes-tu ?*

## CLEODATE.

*La Princesse des Medes.*

## ARAXE.

*Alciane !*

## CLEODATE.

*Elle mesme auecque ses appas*
*Elle me fait la guerre & ne le pense pas.*
*Mon cœur comme vn captif qui redoute son Maistre*
*Deuant elle bruslant n'osa iamais paraistre,*
*Et iusqu'icy ses yeux trop aimables flatteurs*
*N'ont pas de leur triomphe esté les spectateurs.*
*Ce n'est pas toutefois qu'vne honte inuincible*
*Ait caché cette flamme, & la rende inuisible ;*
*Non, non, ie ne suis pas de ces timides cœurs*
*Qui craignent de paraistre aux yeux de leurs vain-*
    *queurs,*
*Ie dirois mon amour à des Deesses mesme,*
*N'est-ce pas adorer que de dire qu'on ayme ?*
*Et taire à la beauté l'amour qu'on en reçoit*
*N'est-ce pas retenir le tribut qu'on luy doit ?*
*Mais tu n'ignores pas que suiuant ces maximes*
*Que l'interest des Rois rend pour eux legitimes,*

La Reyne veut garder Axiane à la Cour
Pour tenir en suspens les Princes d'alentour,
Pour ruiner entr'eux la paix & l'alliance,
En leur laissant à tous vne égale esperance,
Et conseruer enfin la concorde auec eux
Tant qu'ils espereront cet objet glorieux.
Ainsi connoissant bien qu'vne flamme si vaine
Blesseroit & les yeux & le cœur de la Reyne,
Pour elle ayant vaincu des peuples belliqueux,
Pour elle ie sçauray me vaincre aussi bien qu'eux.
Mais dans le triste estat où mon ame est reduite
Ie ne puis me sauuer que par ma seule fuite ;
Que si l'esloignement ne peut me secourir
Ie mourray de douleur, & ce sera guerir.

### ARAXE.

Depuis quand cet amour est-il dedans ton ame,
Qu'on n'en a iamais veu le moindre trait de flame ?

### CLEODATE.

Helas ! trois ans entiers ont acheué leurs cours
Depuis que ie combats ces fatales amours.
Quand le Scythe ennuyé de sa sterile terre
Chez les Medes surpris eust apporté la guerre,
Et qu'à leur violence, & qu'à leur cruauté
Le pere d'Axiane eust en vain resisté,

Comme pour elle seule il craignoit la tempeste,
Qui menaçoit son peuple, & son throsne & sa teste,
Il la fit, tu le sçais, venir en cette Cour,
Où bien-tost de la Reyne elle gaigna l'amour.
Ie la fus receuoir, le diray-je sans blâme ?
Helas ! ie la receus, & ce fut dans mon ame.
Dés l'instant que ie vis cette illustre beauté,
Son regne commença dans mon cœur enchanté.
Ce cœur qui fut tousiours, & si libre & si braue
Prit enfin du plaisir à deuenir esclaue,
Et comme on est aueugle aussi-tost qu'amoureux
Il crut que sa prison le rendroit bien-heureux,
Il ne regarda point quelle en seroit l'issuë,
Et se seroit flatté quand mesme il l'auroit sceuë.
Ainsi i'ayme Axiane, & dans ce cœur blessé
Son empire fut grand dés qu'il eut commencé.
Son pere cependant pressé de tant d'allarmes
Implora de la Reyne & la force & les armes ;
Tu sçais qu'on m'enuoya pour luy donner secours,
Que ie rendis le calme à ses timides iours,
Et que ie le remis dans ce siege de gloire,
Où son fils auiourd'huy iouit de sa victoire,
Car ce Roy plein d'honneur & de rauissement
Passa bien-tost apres du trône au monument.
Que ie reuins content de ce fameux voyage
Où l'amour animoit mon bras & mon courage !

B iij.

Ie crus que la victoire accompagnant mes pas
Fauorisoit mes vœux, me donnoit des appas,
Et qu'vne fille illustre à qui la gloire est chere
Aymeroit le vainqueur qui fit regner son pere.
    Mais la Reyne aussi-tost m'instruisit du dessein
Qu'vne raison d'estat inspire dans son sein,
Et comme il faut luy plaire, & qu'elle est absoluë
Il fallut approuuer le dessein qui me tuë.
Voyla mon sort, Araxe, est-il à souhaiter ?

### ARAXE.

Auecque ton amour il est à redouter.
Ie le confesse enfin ta fuite est necessaire.
C'est ainsi qu'on peut vaincre vn si grand auersaire,
Que si victorieux de ce puissant amour
Tu veux dans quelque temps reuenir à la Cour,
Tes seruices passez, ta foy tousiours fidelle
T'en ouurivont tousiours la porte la plus belle ;
Ou si tes ennemis vouloient te la fermer
I'y suis pour te defendre, & pour les desarmer.

### CLEODATE.

I'emporte au moins ce bien de ma faueur extresme
Que tous mes ennemis consistent en moy-mesme,
Et c'est en ce seul poinct que mon destin me plaist,
Mais la Reyne reuient, escoutons nostre arrest,

✱

## NITOCRIS.

I'ay d'vn œil attentif regardé voſtre affaire ,
Et ie ſçay contenter quiconque ſçait me plaire.
Mais enfin i'ay iugé quoy que vous pretendiez ,
Que vous ne ſçauiez pas ce que vous demandiez.

## CLEODATE.

Quoy Madame?

## NITOCRIS.

Il ſuffit, m'en parler dauantage
Ce n'eſt pas m'obliger, c'eſt me faire vn outrage.

## CLEODATE.

Madame.

## NITOCRIS.

On vous oblige auec vn tel refus.

## ARAXE à l'eſcart.

Qu'ay-je oüy !

## NITOCRIS en ſe retirant.

Demeurez, & ne conteſtez plus.

## CLEODATE en s'en allant & monſtrant Axiane.

Araxe il faut mourir ſi ta force ne m'ayde,
Mon mal deuient plus grand, plus i'en voy le remede.

### ALCINE.

*Mais d'où vient qu' Axiane a l'esprit si changé*
*Depuis que Cleodate a demandé congé?*

### AXIANE.

*Helas! tu dois sçauoir….*

### ALCINE.

*Quoy que voulez-vous dire?*

### AXIANE.

*Ha que ne dit-on pas lors que le cœur souspire?*

### ALCINE.

*Tel discours, tel souspir est souuent vn témoin*
*Que l'amour est au cœur ou qu'il n'en est pas loin;*
*Et mesme à Cleodate estant si redeuable*
*Croire que vous l'aimez c'est vous croire equitable.*

### AXIANE.

*Oüy i'ayme ses vertus qui sont de grands appas.*

### ALCINE.

*Vous aimez ses vertus, & vous ne l'aimez pas!*
*Vous souspirez pourtant, & quoy qu'on puisse dire*
*Pour les seules vertus rarement on souspire;*

*Ou si*

Ou si l'on en souspire il est à presumer
Qu'on ayme beaucoup plus que l'on ne pense aymer.
Ne dissimulez point, l'amour n'est pas foiblesse
Quand son objet est noble.

## AXIANE.

       Enfin ie le confesse;
Lors que par vn destin propice ou rigoureux
On ayme la vertu d'vn homme genereux,
Ie sens bien par les soins que mon ame se donne
Que péu s'en faut aussi qu'on n'ayme sa personne.
Depuis l'instant fatal que nous eusmes appris
Qu'il veut abandonner la Cour de Nitocris,
Helas! ie reconnois plus mon œil le regarde
Qu'il estoit dans mon cœur sans que i'y prisse garde,
Que sans le ressentir l'ame peut s'enflammer,
Et qu'on ayme par fois sans que l'on pense aymer.
Mais de grace dy-moy, toy que ie veux en croire
S'il est honteux d'aimer l'autheur de nostre gloire?
Puis-je moins luy donner? luy seroit-il moins dû
Qu'vne place en mon cœur pour vn throsne rendu?
Enfin si ie ne l'ayme, il ne faut rien te feindre,
Ie cherche les raisons qui peuuent m'y contraindre.
Enfin si ie ne l'ayme, au moins m'auouëras-tu
Que ie pourrois l'aymer auec tant de vertu;
Et comme ie doy tout à son courage extresme
Ie croy qu'il me fait tort s'il ne croid que ie l'ayme,
C

*Et s'il iuge mon cœur & grand & genereux,*
*Il doit en sa faueur le iuger amoureux.*

### ALCINE.

*Qui sçait s'il n'ayme pas? au moins les grandes ames*
*Font gloire de brusler dans de si belles flames.*

### AXIANE.

*Au moins c'est vn effect que l'amour produit peu*
*Que de quitter les lieux où le cœur est en feu:*
*Et l'ame vn peu constante en ses prisons reduite*
*Ayme mieux y mourir que de prendre la fuite.*

### ALCINE.

*Mais en le retenant peut-on vous obliger?*

### AXIANE.

*Si tu connois l'amour ie t'en laisse iuger.*

### Fin du premier Acte.

# ACTE II.

## SCENE PREMIERE.

### NITOCRIS seule.

*TOY qui rends par tout mes armes for-*
    *tunées,*
*Qui soubmis à mes loix des testes cou-*
    *ronnées,*
*Puissance souueraine és-tu foible à ton tour*
*Quand il faut resister aux armes de l'amour?*
*Ton orgueil m'apprend bien que ie ne puis sans honte*
*Brusler pour vn subiet dont l'amour me surmonte,*
*Et qu'au rang où ie suis, celeste & glorieux*
*Ie ne doy rien aymer que des Rois ou des Dieux.*
*Mais enfin cet orgueil dont ie faisois mes armes*
*Est comme vn grand pouuoir captiué par des charmes.*
*Il blâme mon amour, il ne peut le flatter,*
*Mais il le laisse viure, & ne peut le dompter.*
*Moy-mesme à ma grandeur quelquefois equitable*
*Ie condamne à la mort cet amour indomptable,*

C ij

*Et toutefois d'vn cœur à brûler obstiné*
*Ie nourris cherement ce que i'ay condamné.*

   *O Ciel Maiſtre des Rois qui mis en Cleodate*
*Tout ce que l'on reuere, & tout ce qui nous flatte,*
*Pourquoy donc en naiſſant, pourquoy t'oubliois-tu*
*De couronner en luy la force & la vertu ?*
*Eſt-ce que la vertu dont l'éclat l'enuironne*
*A ſoy-meſme ſe ſert de gloire & de couronne ?*
*Ou qu'enfin tu voulois couronner ce vainqueur*
*Par les mains de l'amour qui regne dans mon cœur ?*
*Mais que dis-tu mon ame ? ou bien que veux-tu faire ?*
*Veux-tu te rendre eſclaue ? ou Reyne tributaire ?*
*Tu veux voir Cleodate aſſis auprez de toy,*
*Mais penſe-tu regner en te donnant vn Roy ?*
*Tu l'aymes maintenant qu'il eſt en ta puiſſance*
*De l'éleuer au rang où te mit la naiſſance,*
*Mais penſes-tu l'aymer lors que tu deuiendras*
*Ialouſe du pouuoir que tu luy donneras ?*
*Enfin ie veux regner comme victorieuſe,*
*Et l'amour fuit bien-toſt d'vne ame ambitieuſe ;*
*L'ambition le chaſſe, & contre ce geant*
*Quoy que faſſe l'amour il eſt touſiours enfant.*
*Laiſſe aller Cleodate où ſon deſtin l'entraine,*
*Que ſon éloignement affranchiſſe vne Reyne,*
*Et qui ſçait ſi les Dieux ne l'ont point ordonné,*
*Pour me ſeruir à vaincre vn amour obſtiné ?*

I'auray par son depart vn nouueau diadéme ,
Si son depart me sert à me dompter moy-mesme.
Qu'il s'éloigne, & qu'il m'oste auecque son objet
La honte de me voir subiete d'vn subiet.
Mon front a trop rougi du defaut de mon ame.
Mais qu' Araxe veut-il.

*

### ARAXE.

Ie viens icy , Madame,
Poußé par Cleodate.

### NITOCRIS.

Hé quoy veut-il par vous
Solliciter sa perte , & mon iuste couroux.

### ARAXE.

Au moins il veut partir, & quoy que l'on en pense
Il croid que sa retraite est vne recompense.

### NITOCRIS.

O Dieux qu'on a de peine à demeurer heureux !
Mais c'est trop me brauer, qu'il parte , ie le veux,
Il est de mon repos ainsi que de ma gloire
Qu'en fuyant de mes yeux il perde sa victoire.
Qu'il cherche donc ailleurs des destins fortunez ,
Allez, allez, qu'il parte... Araxe reuenez....

C iij

*Helas.... ſi Cleodate eſt iniuſte à ſoy-meſme*
*Doy-je par ſon defaut ternir mon diadéme ?*
*S'il veut ſe condamner à ce banniſſement*
*Doy-je l'autoriſer par mon conſentement ?*
*N'eſt-ce pas faire dire à ce peuple indocile*
*Que i'ayme la vertu tant qu'elle m'eſt vtile,*
*Mais que ie la bannis ſans reſpect & ſans choix,*
*Lors que i'en ay tiré ce que i'en eſperois.*
*Ces bruits iniurieux prendroient bien-toſt naiſſance,*
*Et bleſſeroient bien-toſt ma gloire & ma puiſſance,*
*Car tu ſçais que chacun du cœur ou de la voix*
*Se plaiſt aueuglement à cenſurer les Rois,*
*Et que leurs actions publiques ou ſecrettes*
*Trouuent de tous coſtez d'iniuſtes interpretes.*
*Dites à Cleodate...*

### ARAXE.

*Il eſt bien reſolu.*

### NITOCRIS.

*Quoy de choquer ici mon pouuoir abſolu ?*

### ARAXE

*Mais ſi voſtre refus comme ie l'apprehende*
*Lui fait prendre de ſoy le congé qu'il demande ?*
*Pour moy i'approuuerois de le laiſſer partir,*
*Aſſeuré que bien-toſt il doit s'en repentir,*

Et qu'enfin le remords que son caprice enferme
Vous le rendra bien-tost plus constant & plus ferme.
Ainsi le repentir qui le ramenera
Fera taire les bruits, & vous iustifira.
Enfin vostre interest veut qu'on luy fasse croire
Que vous pouuez sans luy conseruer vostre gloire.
On retient quelquefois ces esprits orgueilleux
En leur faisant sçauoir qu'on peut se passer d'eux.

NITOCRIS se retire.

Il y faudra penser, l'affaire le merite.

*

## ARAXE.

Il faut gagner pourtant ce que ie sollicite,
Et vaincre par adresse ou par authorité
L'obstacle iniurieux de ma felicité.

## ATIS.

Mais gardez que sur vous ne fonde la tempeste,
Tandis que vous croyez la pousser sur sa teste.
Vous voyez que la Reyne a d'autres sentimens.
Pourquoy presser si fort?

## ARAXE.

Pour vaincre mes tourmens.
Il faut te dire enfin pour ma propre allegeance
Iusqu'où ma vanité porte mon esperance.

*
SCENE III.
ARAXE,
ATIS.

*Depuis qu'à ses subiets la Reyne a fait iuger*
*Qu'aux loix du mariage elle veut s'engager,*
*Et que de son estat la charge estant trop forte*
*Elle veut qu'vn espoux auec elle la porte,*
*I'ay cru que dans le rang où le Ciel me fait voir*
*Elle me permettoit & l'amour & l'espoir.*
*Enfin i'en veux au throsne où tout est adorable,*
*Enfin i'y veux monter, où ie veux qu'il m'accable,*
*Et ie satisferay mon genereux orgueil*
*Si le trosne est mon Ciel, ou s'il est mon cercueil.*
*Mais afin d'esperer & sans crainte & sans peine,*
*Il faut voir Cleodate esloigné de la Reyne.*
*Ce n'est pas que ie craigne ainsi qu'vn autre mal*
*Que son ambition le rende mon riual,*
*Ou qu'vne grande Reyne indignement blessee*
*Abaisse iusqu'à luy son cœur & sa pensee;*
*Mais comme elle se rend attentiue à sa voix*
*Et que de ses conseils elle se fait des loix,*
*Si ie puis par adresse inspirer dans son ame*
*De me fauoriser du sceptre & de sa flame*
*Ie crains que Cleodate alors iniurieux*
*N'oppose à mon bonheur des conseils odieux.*
*Il me veut pour amy, ses soins le font paraistre,*
*Mais nous pouuons douter s'il me voudroit pour*
  *maistre :*
*Tel ayme ses amis plus que soy mille fois*
*Qui les detesteroit s'ils deuenoient ses Rois.*

## ATIS.

*Vous ne pensez donc plus à la Princesse Alcine,*
*Ce n'est donc plus son œil dont l'amour vous domine,*
*Et cette passion dont vous sembliez charmé*
*N'estoit donc qu'un portraict d'un amour enflammé.*

## ARAXE.

*Il faut, il faut pourtant luy laisser tousiours croire*
*Que de son seul amour ie fay toute ma gloire.*
*Comme Alcine gouuerne & la Reyne & son cœur,*
*Elle peut commencer à m'en rendre vainqueur,*
*Et pensant seulement me mettre dans sa grace*
*Elle peut dans son cœur me donner vne place,*
*Pendant que des amis & fidelles & forts*
*Feront en mesme temps agir d'autres ressorts.*
*Ie sçay bien que ie trompe vne fille adorable,*
*Ie sçay que ie me rends infidelle & coupable,*
*Mais le sceptre qui s'offre à l'esprit enchanté*
*Est vne belle excuse à l'infidelité.*
*C'est sans doute en nos cœurs vne loüable enuie*
*De vouloir que l'amour dure autant que la vie,*
*Mais quoy qu'vn noble amour puisse nous enseigner*
*Le plus beau des desirs c'est celuy de regner.*
*Si tant & tant de fois comme auons oüy dire*
*Qu'on peut tout violer pour gagner vn empire,*

D.

*T'imaginerois-tu qu'on en euſt excepté*
*Les ridicules loix de la fidelité ?*
*Ceux qui vont à la gloire ont vne autre maxime,*
*Ils ſe font des vertus de ce qu'on nomme crime,*
*Enfin c'eſt eſtre lâche, enfin c'eſt ſe trahir*
*Que de pouuoir regner & vouloir obeir.*

A T I S.

*Alcine vient ici.*

*

**SCENE IV.**
**ARAXE,**
**ALCINE.**

ALCINE.

*Ie cherche icy la Reyne.*

ARAXE.

*Et moy ie l'y rencontre, Alcine me l'ameine,*
*Et par tous les endroits où reluiſent ſes yeux*
*Ie trouue en meſme temps & mes Rois & mes Dieux.*

ALCINE.

*C'eſt pour moy, dites-vous, que voſtre ame ſouſpire !*
*Voſtre cœur eſt trop bas s'il veut moins qu'vn Empire;*
*C'eſt pour le throſne ſeul qu'il forme des deſirs,*
*C'eſt dans le thrône ſeul qu'il trouue ſes plaiſirs,*
*Et ſi ce cœur Royal ne court apres des Reynes*
*Il croid mal employer & ſes vœux & ſes peines.*
*Vous faites bien, Araxe, & ſi l'on doit aymer,*
*Le trône eſt la beauté qui doit nous enflammer.*

## ARAXE.

*Quel tonnerre ay-je oüy ! quel plus rude martire !*
*Que dites-vous, Madame, ou que voulez-vous dire?*

## ALCINE.

*Ce que me respondroit vostre cœur innocent*
*S'il pouuoit se resoudre à dire ce qu'il sent.*
*Vous pouuez l'auoüer sans en craindre aucun blâme,*
*Ces desirs releuez font voir vne belle ame,*
*Et si ie suis au cœur d'vn Prince si parfait,*
*Ie voy ce qu'on y trame & tout ce qui s'y fait.*

## ARAXE.

*Me confonde le Ciel si iamais la nature*
*Vid naistre dans le monde vne amitié plus pure.*
*Le sceptre a des appas pour les ambitieux,*
*Mais le sceptre sans vous déplairoit à mes yeux.*
*Ie le iure, Madame, & si ie vous offence*
*Les Dieux ne sont pas Dieux, s'ils n'en prennent*
    *vengeance.*
*Atis qui void mon cœur ainsi que ie le vois,*
*Vous dira si mon cœur est semblable à ma voix.*
*Parlez, parlez, Atis, ou bien plutost, Madame,*
*Commandez que ma main vous découure mon ame,*
*Et ie vous feray voir si l'on aime vn vainqueur*
*Alors que pour luy plaire on se perce le cœur.*

D ij

## ALCINE.

Si vous m'obeïssiez, ie serois trop cruelle,
Si vous me refusiez, vous seriez vn rebelle,
Quoy qu'il en soit, Araxe, apres tant de combats,
Ie crains d'estre obeye, & de ne l'estre pas ;
Et lors qu'on veut mourir pour monstrer que l'on aime,
Araxe, l'on en prend le congé de soy-mesme.

## ARAXE.

Mais aussi refuser le congé de mourir,
C'est commander de viure à qui voudroit perir ;
Et c'est donner sans doute vne preuue assez grande
Que l'on veut conseruer celuy qui le demande.
Ie viuray donc pour vous, & pour vous faire voir
Que ma mort & ma vie est en vostre pouuoir.
I'ay cherché iusqu'icy la faueur de la Reyne
Auec inquietude, & mesme auecque peine,
Et n'ay cherché ce bien dont vostre œil est jaloux
Que pour estre plus digne & plus aymé de vous.
Cependant ô malheur de l'amour la plus vraye
Qui fit iamais dans l'ame vne incurable playe,
On me hait, on me tuë, on tasche à me blâmer
Par la mesme raison qui doit me faire aymer.
Ha ! c'est trop, cher Atis, tâche à luy faire croire
Ce qu'elle deuroit voir, que l'aimer est ma gloire.

ALCINE vn peu à l'écart.

Il me gagne peut-estre auec vn faux transport.
Qu'on est foible, bons Dieux, quand l'amour est trop
  fort!
Hé bien ie suspendray ma colere & ma haine.

ARAXE.

Ainsi i'espereray.

ALCINE.

Mais ie vay chez la Reine.

ARAXE.

Et moy ie vay languir, iusqu'à ce que les Dieux
M'ouurent entierement ou l'Enfer, ou les Cieux.

*

ALCINE seule.

A quelle extremité me suis-je transportee ?
Et iusqu'où le soupçon m'a-il precipitee ?
Mais à qui le soupçon dont vn cœur est gesné,
Ne semble-il pas vray quand l'amour l'a donné ?
Et s'il faut croire enfin ce que ma dit la Reyne,
Qu'il lui parle en captif, qui respecte sa chaisne,
Apres ce témoignage, & ces tristes leçons
Qui doy-je condamner, Araxe, ou mes soupçons ?
Et comme la Couronne en gloire si feconde
Est la seule beauté qui plaist à tout le monde,

D iij

*
SCENE V.
ALCINE seule.

*Ce bien si desiré, ce bien si precieux*
*Ne charmeroit-il pas vn cœur ambitieux?*
*Helas i'accuse Araxe, & l'excuse moy-mesme*
*Quand ie voy la splendeur que iette vn diadéme.*
*Quel esprit si constant ne s'emporteroit pas*
*Quand le chemin du trône est ouuert à ses pas?*
*Et qui pour conseruer le titre de fidelle*
*Ne voudroit pas courir quand vn trosne l'appelle?*
*Moy-mesme dont l'amour plein d'ardeur & de foy*
*Ne croid rien de plus grand, ny de plus fort que soy,*
*Peut-estre aurois-je aussi le blâme que ie donne*
*Si l'on m'auoit tentee auec vne Couronne.*
*Au moins i'arresteray par de puissans efforts*
*De mon ambitieux les pas & les transports,*
*Au moins i'empescheray qu'Araxe qui me gesne*
*N'entre en victorieux dans l'esprit de la Reyne.*

*

**SCENE VI.**
NITOCRIS,
ALCINE ,
AXIANE,

*Araxe.*

NITOCRIS.

ALCINE.

*Il est sorti.*

NITOCRIS.

*Qui ne s'estonneroit*
*De l'estrange dessein que son ami conçoit?*

Quelles iuſtes raiſons peut auoir Cleodate
D'abandonner des lieux où le deſtin le flatte?
Ou ſa vertu le met plus haut que ſes ſouhaits,
Et n'a pas moins d'amis que i'ay de bons ſubiets?

### AXIANE.

Ie m'en eſtonne.

### ALCINE.

Et moy ie ne ſçaurois le croire.

### NITOCRIS.

Il eſt vray toutefois qu'il veut quitter ſa gloire.
Mais enfin vous ſçauez ce que i'ay reſolu,
Que mon eſprit eſt las du pouuoir abſolu,
Et qu'il faut qu'vn eſpoux à l'eſtat agreable
Partage auecque moy cette charge honnorable.
Or ie ne voy qu'Araxe & Cleodate ici
Qui puiſſent m'exempter de peine & de ſouci.
Ils ſont dignes tous deux par vn merite extreſme
Et de ma paſſion & de mon diadéme,
Et mon cœur incertain balance ſur le chois
Qui mettra l'vn des deux dans le nombre des Rois.
Au reſte ce n'eſt point vne amoureuſe flame
Qui produit ce deſir & l'allume en mon ame.
Non, non, lors que l'amour nous impoſe des loix
Il ne nous laiſſe pas la liberté du chois,

*Luy seul il est le maistre, il choisit, il ordonne,*
*Et nous contraint enfin de prendre ce qu'il donne.*
*Pour moy ie puis choisir, & mon cœur mieux reglé*
*Ne suiura point la loy d'vn Tiran aueuglé.*
*Dites donc vostre auis, & sans que l'on me flate*
*Lequel doi-je choisir, Araxe, ou Cleodate?*

### AXIANE.

*La iustice elle-mesme en cet euenement*
*Auroit beaucoup de peine à rendre vn iugement,*
*Et de quelque costé que panche vn choix auguste,*
*Il est iuste, Madame, & tout ensemble iniuste.*
*Pourquoy pour l'vn des deux prononcer auiourd'huy*
*Si l'autre a merité qu'on iuge aussi pour luy.*
*Si quelque chose entr'eux met de la difference,*
*Ce n'est pas la vertu, c'est la seule naissance.*
*En effect, Cleodate est descendu d'vn sang*
*Trop esloigné du vostre, & trop de vostre rang;*
*Sa vertu, dira-on, qui s'éleue elle-mesme*
*Vaut mieux que la naissance & que le diadéme;*
*Mais enfin ce discours qu'on se plaist d'escouter*
*N'est raison que pour ceux qui veulent se flater.*
*Le trône veut vn sang qui le rende adorable,*
*Le peuple veut vn Roy qui luy soit venerable,*
*Et qui force au respect & l'esprit & les yeux,*
*Par vne longue suite & de gloire & d'ayeux.*

*Quoy*

Bien que voftre faueur & iufte & non commune
Du fameux Cleodate efleue la fortune,
On remarquera peu le defaut de fon fang
Tandis que de fubiet il gardera le rang,
Car quelque grand honneur qui couronne fa vie
Le titre de fubiet eft vn nom fans enuie;
Ou bien fi Cleodate a quelques enuieux,
Au moins, ce qui les flatte, il obeït comme eux :
Mais enfin auffi-toft qu'il portera les marques
Qui font deffus vn trône adorer les Monarques,
Comme le trône eft grand, comme le trône eft haut,
Alors de tous coftez, on verra fon defaut.
Comme on le regardoit par fa feule vaillance,
On le regardera par fa feule naiffance;
Et qui peut empefcher vn peuple médifant
De dire que l'amour l'aura rendu fi grand ?
Si ie ne vous rends pas victoire pour victoire,
Ie dois ie dois au moins parler pour voftre gloire;
Puis qu'Araxe eft aimable, & fort du fang des Rois,
Araxe eft donc celuy dont ie ferois le choix.

## ALCINE.

Vos raifons ont fans doute vn charme qui m'emporte,
Et vous pourriez encore en dire vne plus forte.
Il eft bien vray qu'Araxe eft forti de ces Rois
Qui les premiers au monde impoferent des loix,

*Mais à quoy luy seruit cette haute naissance*
*Qu'à le faire sortir de son obeïssance ?*
*Ainsi toutes les fois qu'il a consideré*
*Que l'on a veu son sang sur vn trône adoré,*
*N'a-il pas témoigné par vn effort extresme*
*Qu'il vouloit sur vn trône estre adoré luy-mesme ?*
*N'a-il pas fait paraistre en Prince furieux*
*Qu'on doit tout redouter d'vn cœur ambitieux ?*
*Et que l'illustre sang qui fait les magnanimes*
*Est bien souuent aussi la source des grands crimes ?*
*Enfin ou son orgueil ne sçeut-il pas aller ?*
*On le sçait, on l'a veu, ie n'en doy point parler,*
*Et ie ne pretends pas réueiller vostre hayne*
*En vous representant son crime & vostre peine,*
*Puis qu'apres tant de maux, vn pardon genereux*
*D'vn subiet criminel en fait vn Prince heureux,*
*Et que son repentir autant que sa deffaite*
*Fait briller vostre gloire & vous a satisfaite.*
*Mais est-il honnorable à vostre majesté*
*De donner la couronne à qui s'est reuolté ?*
*N'est-ce pas vous priuer de vostre propre gloire ?*
*N'est-ce pas luy ceder le prix de la victoire ?*
*Et dire à l'Vniuers qui l'a veu reuolter*
*Que vous craignez celuy que vous sçeustes dompter,*
*Que le sceptre est vn bien qu'il peut enfin vous prendre,*
*Et que vous le donnez ne pouuant le defendre ?*

*Moindre seroit la honte, & l'infortune aussi*
*De perdre en resistant que de ceder ainsi.*
*Pardonnez à l'ardeur qui fait parler mon zele,*
*Pour vous il est hardy, c'est à dire fidelle.*
*Si quelqu'vn auec vous doit regner en ces lieux*
*Ceux qui vous font regner le meritent le mieux;*
*Et ceux qui tousiours grands & tousiours adorables*
*Ont les vertus des Rois, ont les Rois veritables.*
*Cleodate a vaincu, Cleodate est aymé,*
*C'est par là que l'on regne & qu'on est renommé;*
*Cette haute vertu qui brille en sa personne*
*Ayant vaincu des Rois merite vne Couronne.*
*S'il n'est pas de leur sang, estant né vertueux*
*Il est d'vn sang plus noble, il est du sang des Dieux,*
*Et sa main qui reduit vos ennemis en poudre*
*Peut bien porter vn sceptre ayant porté la foudre.*
*Puis qu'enfin Cleodate a les vertus des Rois,*
*Cleodate est celuy dont ie ferois le choix.*

## AXIANE.

*Araxe a fait depuis tant d'actes magnanimes*
*Qu'on pense auoir fange ce qu'on sçait de ses crimes,*
*Et ce Prince fameux qu'on ne peut plus haïr*
*Merite de regner a force d'obeir.*

### ALCINE.

*Mais au moins Cleodate en tous lieux indomptable,*
*Vainqueur des attentats, n'en fut iamais coupable.*
*Il fut Dieu tutelaire en ce tragique lieu,*
*Et peut en estre Roy s'il luy seruit de Dieu.*
*Le refuseriez-vous, luy que chacun reuere?*

### AXIANE.

*La Reyne m'apprendra ce que ie voudrois faire,*
*Et nous allons sçauoir auec son iugement*
*Qui de vous ou de moy parle plus sainement.*

### NITOCRIS.

*Ie feray, ie feray ce que le Ciel m'inspire,*
*Ie sauueray ma gloire, & celle de l'Empire.*


Fin du second Acte.

# ACTE III.

## SCENE PREMIERE.

### CLEODATE, ACHATE.

### CLEODATE.

Q VOY la Reyne y consent?

### ACHATE.

Oüy vous pouuez partir,
Et bien-tost vous en plaindre & vous en repentir.

### CLEODATE seul.

Dieux qu'ay-je demandé! mais il faut se contraindre.
Enfin ie l'ay voulu; de qui puis-je me plaindre?
Helas que nostre esprit sans conduite & sans loy
Conoist peu ce qu'il fait quand il agit pour soy.
Poußé par le transport d'vne fureur secrette
I'ay comme vn grand secours demandé ma retraite,

E iij

*Et lors que ie l'obtiens i'éproune viuement*
*Que i'ay sans y penser demandé mon tourment.*
*Ie ne commence à voir dans le coup qui m'estonne*
*Le prix de mon destin que quand ie l'abandonne,*
*Et ie ne reconois parmy tant de transports*
*Que i'estois dãs les Cieux qu'au moment que i'en sors.*
*Si ie souffre, Axiane, en regardant tes charmes,*
*Ces Tyrans adorez, à qui ie rends les armes,*
*Pour le moins ie les vois, & si mes maux sont grands*
*C'est vn bien dans l'amour que de voir ses Tyrans.*
*Qu'as-tu fait mal-heureux, & de quelle pensee*
*Ton ame trop aueugle a-elle esté blessee ?*
*Ay-je cru qu'Axiane adorable en tous lieux*
*S'enfuiroit de mon cœur si ie fuy de ses yeux ?*
*Comme par vn effect de son œil qui me tuë*
*On commence à l'aimer aussi-tost qu'on l'a veuë,*
*Ay-je cru trop iniuste à son diuin pouuoir*
*Qu'on cesse de l'aimer en cessant de la voir ?*
*Ay-je fait cet outrage à sa force indomptee*
*De me persuader qu'elle fust limitee ?*
*Non, non, ie sens desia qu'en fuyant ses appas*
*Mes liens s'esteindront & ne se rompront pas,*
*Et que ie suis par tout vn esclaue à la gesne*
*Que l'on tient enchaisné par vne longue chaisne.*
*Croire enfin que l'amour, croire que la beauté*
*Ne suiue pas par tout vn esprit enchanté,*

C'eſt croire que les Dieux limitez ſur la terre
Ne peuuent en tous lieux faire choir le tonnerre.
Changez, changez, ô Dieux qui gouuernez, mon ſort
L'arreſt de mon depart en celuy de ma mort;
Faites-moy confeſſer que le bonheur extreſme
Conſiſte ſeulement à mourir où l'on ayme,
Ou bien s'il faut y viure auant que d'expirer
Qu'on m'oſte les grandeurs qui me font reuerer,
Qu'on m'oſte tous ces biens qu'idolatre vn profane,
On me laiſſera plus ſi ie vois Axiane.
Mais les Dieux ont voulu ce que i'ay demandé;
Mais ce que i'ay voulu dut-il m'eſtre accordé?
I'ay preſſé mon depart, il eſt vray, mais la Reyne
Me deuoit refuſer cette demande vaine,
Apres tant de ſeruice & de maux endurez,
Pour rendre entre ſes mains des ſceptres aſſeurez,
Au moins de mes trauaux la courſe infatigable
Meritoit pour ſon prix ce refus honnorable;
Et c'eſt montrer du cœur & de l'affection
Que de faire vn refus en cette occaſion.
Mais que dis-ie inſenſé? dont la peine eſt de viure
Ie me plains d'obtenir ce qu'on m'a veu pourſuiure,
Et comme mon eſprit eſt touſiours diuiſé
Ie me plaindrois auſſi qu'on me l'euſt refuſé.

*

### AXIANE.

*Helas…mais ie doy tout aux bontez de la Reyne,*
*Estouffons nostre amour.*

### CLEODATE.

         *La voici. Quelle peine ?*

### AXIANE.

*Tu veux donc renoncer à ton propre bonheur ?*
*Tu veux abandonner & la gloire & l'honneur ?*
*Quelles fortes raisons peuuent te faire croire*
*Qu'on trouue du repos en sortant de la gloire.*
*Quoy que cherche l'esprit pour deuenir heureux*
*La gloire est le repos des esprits genereux,*
*Et la tranquillité des fortunes priuees*
*Deplaist en peu de temps aux ames releuees.*

### CLEODATE.

*Il faut de mon destin contenter le courroux,*
*Si ie ne fuy bien-tost, ie mourray deuant vous.*

### AXIANE.

*Mais si la Reyne a fait vn dessein tout contraire,*
*Peux-tu luy resister,& ne pas luy déplaire ?*

                         CLEO.

# ACTE III.

### CLEODATE.

La Reyne auroit changé de resolution!

### AXIANE.

Oüy, la Reyne témoigne vne autre intention.

### CLEODATE.

Quoy ie demeureray!

### AXIANE.

Ie le croy, Cleodate,
Mais ne murmure point où ton bonheur éclate,
Elle t'ayme sans doute, & par vn digne choix
Elle veut te placer dans le nombre des Rois.
Quel sort seroit plus noble?

### CLEODATE.

Ou quel sort seroit pire?
Ie n'ay pas respiré, qu'il faut que ie souspire.

### AXIANE.

Si la Cour a pour toy quelque secret tourment
Qui t'oblige à penser à ton esloignement,
Est-il enfin si fort ce mal qui te possede
Qu'vn trône presenté n'en soit pas le remede?
Et n'auoüras-tu pas que des sceptres offerts
Pour arrester les cœurs sont d'agreables fers?

F

Ie te dis ce secret par vne crainte extresme
Qu'en pressant ton depart tu te nuises toy-mesme;
Et ie te dois assez & de bien & d'honneur
Pour t'exciter au moins d'attendre ton bonheur.

### CLEODATE.

Vous auez trop de soin d'vne ame infortunee
Qui feroit son tourment de se voir couronnee.
C'estoit à vous seruir que mon sort estoit doux,
Ce seroit... mais que dis-je? ou bien que dites-vous?
La Reyne m'aimeroit !

### AXIANE.

Et t'offre vne Couronne,
Ie croy qu'vn tel auis ne déplaist à personne.

### CLEODATE.

Ie reçoy toutefois vn auis si fatal
Comme on reçoit la mort quand on la croid vn mal.

### AXIANE.

Qui t'oblige à tenir cet estrange langage ?

### CLEODATE.

Beaucoup d'aueuglement, & beaucoup de courage.

## AXIANE.

*Qui pourroit contenter tes vœux & tes desirs,*
*Si tu mets la Couronne entre tes déplaisirs ?*
*Quoy n'aimerois-tu pas vne adorable Reyne ?*

## CLEODATE.

*En l'estat où ie suis i'ay merité sa hayne.*

## AXIANE.

*Aymes-tu donc ailleurs ?*

## CLEODATE.

*Non, non, i'ayme en ce lieu.*
*I'ayme, pour acheuer il faudroit estre vn Dieu.*
*S'il est vray toutefois qu'vne Reyne adorable*
*Trouue en moy des sujets d'aimer vn miserable,*
*Cet amour peut me rendre assez audacieux*
*Pour dire que i'adore, & que ce sont vos yeux.*
*Si ie commets vn crime, ou plutost vn blaspheme,*
*Ce n'est pas en aymant, c'est en disant que i'ayme.*
*Pardonnez donc au feu qui me fait esgarer,*
*Chacun a droit d'aymer, mais non pas d'esperer ;*
*Et suiuant cette loy, qui cause tant d'allarmes,*
*Chacun a droit d'aymer vos vertus & vos charmes,*
*Les vns pour adorer ce qui les fait souffrir,*
*Les Rois pour estre heureux, & moy pour en mourir.*

## AXIANE.

Non, non, ne pense pas qu'injuste ou dédaigneuse
Ie condamne vn amour qui me rend orgueilleuse ;
Si des Rois le plus grand, & le plus redouté
Se tiendroit glorieux de t'auoir surmonté,
N'est-ce pas à mon sort vne pareille gloire
D'auoir sur Cleodate obtenu la victoire ?
   C'est apres tant de biens me faire vn nouueau bien
De me donner ton cœur quand ie te doy le mien.
Aussi pour reconaistre vne grace si chère
Au moins ie t'offrirois ce cœur qui te reuere,
Si ce ce cœur redeuable à ton bras fortuné
Estoit digne de toy sans estre couronné.
Ie te dirois enfin que ie veux que tu m'aymes,
Si ie pouuois t'offrir d'illustres diademes.
Mais puisque mon destin par vn ordre fatal
Ne peut à tes vertus estre si liberal,
Au moins ie feray voir que i'ayme Cleodate,
En le priant de vaincre vne amour trop ingrate,
Et de prendre d'vne autre equitable en son choix
Le sceptre, & la grandeur que ie luy donnerois.

## CLEODATE.

Pour ne me pas donner ces ordres impossibles,
Apprenez que vos yeux sont des Rois inuincibles.
Quoy i'osay vous aymer n'estant pas asseuré
Que mes chaisnes plairoient à vostre œil adoré !
Et quand vous estimez cette basse victoire,
Ie vaincrois vn amour qui me comble de gloire !
Ie suis grand, ie suis Roy, i'ay des trônes dorez,
Puis que ie vous adore & que vous l'endurez.
Qu'vn autre pour regner coure apres la puissance,
Ie regne par mes fers & mon obeissance.
C'est estre glorieux, c'est estre renommé,
C'est regner que d'aymer lors que l'on est aymé.
Pardonnez à l'amour tout ce qu'il me fait dire,
C'est la premiere fois qu'il parle & qu'il respire,
Pour peu que l'on le flatte, il brusle, il s'enhardit,
Il se flatte luy-mesme, & croid plus qu'on ne dit.

## AXIANE.

I'excuse librement cet amour qui t'enchante
Pourueu que ta fortune en demeure contente ;
Mais si ce mesme amour t'ostoit du rang des Rois
Ainsi qu'vn criminel ie le condamnerois.
Ie t'ayme Cleodate, & parce que ie t'ayme
Ie veux voir sur ton front briller vn diadéme ;

*Ie te perdray contente & telle qu'on me croid*
*Si lors que ie te perdis vn trône te reçoit.*
*Si tu crois que sans moy la plus belle couronne*
*Déplaisante à tes yeux est vn mal qu'on te donne,*
*Pour le moins c'est vn mal qui plaist en peu de temps,*
*Et que souhaiteroient les cœurs les plus contens.*
*Tu sçais ce que ie dois au secours de la Reyne,*
*Que par elle ie vis, peu s'en faut, souueraine,*
*Et que mon sang par elle auiourd'huy glorieux*
*Regne dessus le trône où regnoient mes ayeux.*
*Pourrois-je mieux payer cette faueur extresme*
*Qu'en luy cedãt vn cœur & qui m'ayme & que i'ayme,*
*Donne-toy donc pour moy sans plus me contester,*
*Puisque c'est par toy seul que ie puis m'acquitter.*
*Croy que tu fus à moy comme c'est ton enuie,*
*Et qu'il faut te donner pour le prix de ma vie :*
*Me refuserois-tu de payer ce grand bien*
*Lors qu'en seruant de prix tu receuras le tien ?*
*Que si pour t'obliger d'accepter vn empire*
*Il ne faut plus t'aymer, & qu'il faille le dire,*
*Puisque mes feux sont vains & mes vœux superflus,*
*I'ay sur moy ce pouuoir que ie ne t'ayme plus.*

✱

## SCENE III.
### CLEODATE seul.

*Ha que diuersement vostre main redoutable*
*Sçait se joüer, grands Dieux, du sort d'vn miserable!*

I'ayme, ie suis aymé, l'on m'offre vn grand pouuoir,
Et parmi tant de biens ie suis au desespoir!
Axiane respond à mon amour extresme,
Et veut que ie la quitte, elle-mesme qui m'ayme!
On me presente vn sceptre, & l'amour ne veut pas
Que mes yeux aueuglez y trouuent des appas!
Tous les biens & les maux que la fortune assemble
S'offrent à mon esprit, mais confondus ensemble;
Et ie ne puis choisir dans vn sort si fatal
Que ie ne prenne vn bien meslé d'vn plus grand mal.
I'embrasse auec ardeur les fers que l'on me donne,
Et ie crains qu'on me force à prendre vne Couronne.
Enfin ie suis esclaue auecque ma raison,
Et ne veux point d'vn trône où n'est pas ma prison.
O charmante Axiane! ô source de la grace!
Si tu voulois ma gloire & qu'enfin ie regnasse,
Il falloit d'vn regard de haine & de rigueur
Reduire au desespoir ce miserable cœur;
Et suiuant tes desseins par vn nouueau caprice
I'irois, i'irois au trône, ainsi qu'au precipice,
Et croirois y monter ainsi qu'vn malheureux
Pour me precipiter d'vn rocher plus fameux.

   Mais quelle occasion maintenant me ramene
Ce sage confident des secrets de la Reine.

*****

### ACHATE.

*Seigneur, la Reyne vsant du pouuoir souuerain,*
*Touchant voſtre depart a changé de deſſein.*
*Bref elle vous attend pour vne conference*
*Qui tend à partager la ſupreſme puiſſance,*
*Elle y veut voſtre auis, enfin reſpondez-y,*
*Comme eſtant aſſuré de n'eſtre pas hay.*

### CLEODATE.

*Au moins i'y reſpondray comme vn ſubjet fidelle.*

### ACHATE.

*Mais on ouure, Seigneur, Araxe eſt auec elle.*

*****

### NITOCRIS.

*Que chacun ſe retire, Alcine, & vous auſſi,*
*Araxe & Cleodate ont ſeuls affaire ici.*
 *Vous ſçauez, à quel poinct de puiſſance & de gloire*
*M'eſleue maintenant la force & la victoire.*
*Mes plus grands ennemis n'ont point fait de deſſeins*
*Qui n'ayent eſté pour moy des triomphes certains.*
*I'ay de ce grand eſtat les limites pouſſees*
*Ou n'oſoient mes ayeux eſtendre leurs penſees,*

Et par

Et par moy cet Empire est si fort auiourd'huy
Que le Ciel seulement est plus puissant que luy.
Enfin de sa grandeur Babylône certaine
Ne redoute plus rien que ses Dieux & sa Reyne,
Et ce qui rend vn trône & venerable & sainct,
Ie suis en tel estat qu'on m'ayme & qu'on me craint.
  Mais ie n'ay pas sans peine acquis ces auantages,
Ny vaincu sans peril les flots & les orages ;
Et parce que le sceptre est vn fardeau pour ceux
Qui veulent bien regner & qui regnent le mieux,
Ie veux faire le choix d'vne illustre personne
Qui m'ayde à bien porter le sceptre & la Couronne,
Et qui par les liens que donne & prend la foy
Deuenant mon espoux deuienne vostre Roy.
Ie vous ay donc mandez, auant que de rien faire,
Pour auoir vostre auis sur cette grande affaire.
Au moins si vos conseils dont ie feray mes loix
Respondant à mes vœux consentent à ce choix,
Vous n'aurez pas subiet de porter de la haine,
A quiconque obtiendra la grandeur souueraine,
Et si de mon dessein vous approuuez l'effet,
Vous aymerez aussi le choix que i'auray fait.
Parlez, parlez, Araxe.

### ARAXE.

                      On seroit temeraire
D'estre d'vn sentiment qui vous seroit contraire ;

Et le conseil de l'homme est-il consideré
Quand on est comme vous par le Ciel inspiré ?
Lors que des Potentats le Ciel prend la deffence
Par cent moyens diuers il fonde leur puissance.
Iusques icy pour vous touché visiblement
Son amour immortel parut diuersement,
Et sans doute auiourd'huy ce Pere des Monarques
Veut de ce mesme amour vous donner d'autres mar-
　　ques
Par le choix d'vn subjet plein de zele & de foy,
Qui vous soulagera sous le titre de Roy.
　　Ainsi ce trosne auguste où chacun vous adore
Auec vn double appuy sera plus ferme encore.
Vostre pouuoir est grand, il est digne de vous,
Mais il vous semblera plus aimable & plus doux
Lors qu'vn Prince obligé par vne grande Reyne
Vous en laissant le bien n'en prendra que la peine.
Pour moy me voila prest, suiuant tousiours vos loix
De me soubmettre au Roy que sera vostre choix.
Desia mon cœur soubmis reuere sa puissance,
Et desia du desir luy rend obeissance,
Sçachant que par vn Dieu vostre esprit inspiré,
Ne peut faire qu'vn choix digne d'estre adoré.

### NITOCRIS.

Cleodate parlez.

## CLEODATE.

Vostre dessein est iuste,
Comme tout ce qui part de vostre esprit auguste ;
Vos vœux seront tousiours nos Maistres & nos Rois,
Et sont les seuls conseils que ie vous donnerois.
Mais puis que vous voulez que mon zele s'exprime
Si ie dissimulois ie croirois faire vn crime.
Ie ne parleray point contre ce que ie crois
Car c'est vn attentat que de flatter les Rois.
Non, non, ie ne croy pas, ô Reyne incomparable,
Que l'hymen ait pour vous vne chaisne honnorable,
Et que portant par tout le respect ou l'effroy,
Il vous soit glorieux de vous donner vn Roy.
Si vostre Majesté deuoit choisir vn Prince
Qui regit auec vous cette vaste Prouince,
C'estoit lors que l'estat plein de calamitez,
Voyoit son precipice ouuert de tous costez,
Et qu'on ne croyoit pas qu'vne femme eust des armes
Plus fortes que ses yeux, & que de foibles larmes ;
C'estoit lors qu'vn grand peuple & triste & languissant
Croyoit contre ses maux vostre bras impuissant,
Et non pas auiourd'huy que le Ciel equitable
A rendu par vos soins le trosne inébranlable,
Et que vostre vertu sage & diuin nocher
D'vn vaisseau qui flottoit en a fait vn rocher.

G ij

Si l'on craint que des Rois voisins de cet Empire
Contre vostre grandeur la puissance conspire,
Tant que dessus vn trosne autrefois debatu,
Seule vous regnerez auec vostre vertu,
Ils croiront en grands Rois qui redoutent le blâme,
Qu'il leur seroit honteux d'attaquer vne femme,
Et sous ce voile vtile & pour vous & pour eux
Ils vous protegeront en Princes genereux.
I'approuuerois pourtant ainsi qu'vn auantage,
De laisser quelque espoir d'vn si grand mariage :
Au moins & les plus grands, & les ambitieux
En esperant tousiours vous en seruiront mieux,
Au lieu que quand vn choix qui vaut vne victoire
En aura mis vn seul au comble de la gloire,
D'vn trosne souhaité tous les autres demis
En deuiendront jaloux, & bien-tost ennemis,
Et quel heureux repos rencontrera la Reine
Quand le Roy sans plaisir sera tousiours en peine ?
Vous pouuez les reduire, & la force à la main
En faire des captifs du pouuoir souuerain,
Mais quel est le respect, quand il n'est qu'vne feinte ?
Quelle est l'obeïssance alors qu'elle est contrainte ?
Vne rebellion qui ne se montre pas,
Et qui fait en secret la guerre aux Potentats.
    Araxe qui conoist & son cœur & le nostre
Peut répondre de luy, mais le peut-il d'vn autre ?

Regnez, regnez, Madame, auecque voſtre bien,
Et laiſſez eſperer, ſans donner iamais rien.
Que chacun vous regarde auec vn œil de flame,
Vous regnereʒ en paix iuſques dedans voſtre ame,
Si les grands de l'Eſtat proſternez deuant vous
En demeurant Riuaux ne ſont iamais ialoux.
Demeurez toute ſeule au char de la victoire,
Deux n'y peuuent tenir auecque meſme gloire.
Si l'Empire eſt vn faix qui ſemble vous charger,
Il le faut porter ſeul pour le trouuer leger.

## NITOCRIS.

Ie ſçay vos ſentimens, c'eſt aſſez pour cette heure,
Cependant obeïs, Cleodate, & demeure;
Et ſi pour toy la Cour eſt vn lieu ſans appas,
Apprends à demeurer où tu ne te plais pas.

*

## ARAXE.

Que la Reyne me fait vn bien incomparable !
Et qu'en te retenant elle m'eſt fauorable !
Enfin ſes volontez que tu dois reſpecter
Me laiſſent vn amy que tu voulois m'oſter.

## CLEODATE.

Enfin ſes volontez ſont de nouuelles armes
Qu'elle donne au deſtin qui m'arrache des larmes.

*

SCENE VI.
CLEODATE.
ARAXE.

### ARAXE.

*Tu te crois miserable, & pourtant si tu veux*
*Il ne tiendra qu'à toy que tu ne sois heureux.*
*Veux-tu que ie te parle auec cette franchise*
*Qu'vne longue amitié nous a tousiours permise?*
*La Reyne a resolu de nous donner vn Roy,*
*Tasche que son esprit se declare pour moy.*
*Renuerse tes raisons par des raisons plus fortes,*
*Ouure moy de l'Empire & la gloire & les portes,*
*Si quelqu'vn doit regner, ne vaut-il pas bien mieux*
*Que ce soit ton Amy qu'vn Monarque odieux ?*
*Obtiens, obtiens pour moy cette grande victoire,*
*Fais vn Roy qui te doiue & son sceptre & sa gloire,*
*Et ie sçauray bien rendre à ta fidelle ardeur*
*Couronne pour Couronne, & grandeur pour grandeur,*
*L'amour est dans ton cœur sans biens & sans delices,*
*Comme vn desesperé qui court aux precipices,*
*Enfin si ie commande, enfin si ie suis Roy,*
*Axiane te plaist, Axiane est à toy ;*
*Et pour mieux te payer & mieux te satisfaire,*
*Ie puis te faire entrer au trosne de son frere.*

### CLEODATE.

*Vous le pourriez, Araxe !*

## ARAXE.

Oüy suiuant mes desseins
Je puis faire tomber son sceptre entre tes mains.

## CLEODATE.

Moy i'aimerois vn sceptre acquis auec vn crime!

## ARAXE.

Tout ce qui meine au trosne est iuste & legitime.

## CLEODATE.

Ha! que ce sentiment qui me remplit d'effroy
Est indigne d'vn cœur qui pretend estre Roy.
I'ay conseillé la Reine en subiet qui l'honore,
I'ay dit ce que i'ay crû, ie le dirois encore.
Il n'est point d'interest, de sceptre ny d'espoir
Qui me puisse obliger à trahir mon deuoir,
Et ma fidelité de soy recompensee
Ne se plaindra iamais que l'amour l'ait blessee.

## ARAXE.

Tu ne sçais pas aimer, ou bien tu n'aimes pas.

# ACTE III.

## CLEODATE.

Quoy! lors qu'on sçait aimer, fait-on des attentas?

## ARAXE.

Tu veux estre absolu, tu le fais bien paraistre,
Et crains que ton ami ne devienne ton Maistre.

## CLEODATE.

Mes amis sont mes biens, mes amis sont mes Rois,
Tant qu'ils respecteront la Justice et ses drois;
Enfin i'aime par tout les desseins magnanimes,
Mais ie n'ay point d'amis où l'on aime les crimes.

## ARAXE.

Voulez-vous m'attaquer avecque ce discours?

## CLEODATE.

Je voudrois vous seruir aux despens de mes iours.

## ARAXE.

Certes vous m'en donnez un fort grand témoignage.

## CLEODATE.

V    ay-je abandonné prest à faire nauffrage?

ARAXE

### ARAXE.

*Vous vanter de ce bien c'est me l'auoir raui.*

### CLEODATE.

*C'est vous faire sçauoir que ie vous ay serui.*

### ARAXE.

*Le sort a fait ce bien que vous aueʒ crû faire.*

### CLEODATE.

*Jmplorez donc le sort s'il peut vous satisfaire.*
*Pour moy ie vous promets du Zele & de la foy*
*Si le destin permet que vous soyez mon Roy.*

### ARAXE.

*Et moy, quoy que la terre ou le Ciel me destine,*
*Ou Monarque, ou subiet, i'ay conclu ta ruine ;*
*Je ne veux point d'amis qui soient si genereux,*
*Et i'aime les meschans qui me rendront heureux.*

**Fin du troisiesme Acte.**

H

# ACTE IV.

## SCENE PREMIERE.

### NITOCRIS, ACHATE, ALCINE.

#### NITOCRIS.

*AIS, Achate, a-il sceu ce que i'ay dedans l'ame ?*
*A-il sceu mon dessein ?*

#### ACHATE.

*N'en doutez point, Madame.*

#### NITOCRIS.

*Toutefois son conseil puissamment disputé*
*N'est pas sorti d'vn cœur que le trône ait flaté.*

#### ALCINE.

*Au moins il est sorti d'vn cœur noble & fidelle*
*Qui dit les sentimens que luy donne son Zele.*

*Au moins il vous fait voir qu'il est sans interest,*
*Que vostre seule gloire est tout ce qui luy plaist,*
*Et que s'il possedoit la grandeur souueraine,*
*Il y viuroit en Roy dont vous seriez la Reyne.*

### NITOCRIS.

*Cependant ses conseils qui me gaignent le cœur*
*Ostent presque à l'amour le titre de vainqueur:*
*Et tousiours sans dessein incertaine & flottante*
*I'ignore où se tiendra ma fortune inconstante.*
*Lors qu'à mon foible esprit ses raisons se font voir*
*L'amour n'ose paraistre, & perd tout son pouuoir;*
*Et lors que sa vertu se presente à mon ame*
*L'amour reprend sa force, & r'allume sa flame;*
*De sorte qu'en mon cœur agité comme il est*
*L'amour se meurt sans cesse, & sans cesse renaist.*

### ALCINE.

*Pensez-vous que le Ciel qui des Princes dispose*
*En vain aux Pontentats inspire quelque chose?*
*Non, non, par vostre amour il montre clairement*
*Qu'vn Roy vous dois aider à regner seurement,*
*Et par tant d'actions d'eternelle memoire*
*Dont Cleodate appuye & le trône & sa gloire,*
*Le Ciel qui vous cherit, le Ciel veut témoigner*
*Que pour vostre bonheur c'est luy qui doit regner.*

### NITOCRIS.

*Mais enfin si le Ciel, où le sceptre se donne,*
*Vouloit que Cleodate eust part à ma Couronne,*
*Il ne combattroit pas mon esprit inconstant*
*Par les fortes raisons que Cleodate rend.*

### ALCINE.

*Trop souuent du vray bien pour qui nostre ame est*
*　　née,*
*Par de fausses raisons elle s'est destournée;*
*Et le Ciel à vos yeux les veut representer*
*Afin de les combattre, afin de les dompter.*

### NITOCRIS.

*Ie ne puis discerner, sage & prudent Achate;*
*Si son discours est vray, mais au moins il me flate;*
*　Mais qui n'est pas flaté par les impressions*
*Dont l'agreable erreur flate nos passions?*
*　O Dieux qu'il est aisé dans l'amoureux empire*
*D'estre persuadé de ce que l'on desire!*
*　Mais Araxe reuient; il faut qu'il sçache enfin*
*Ce que m'ont inspiré le Ciel & le destin.*

Elle dit ces deux
vers comme en
elle-mesme.

*

## NITOCRIS.

*Araxe, ton auis est la loy necessaire*
*Que ie veux m'imposer, & que i'ay dû me faire.*

## ARAXE.

*Quiconque estimera vostre tranquillité*
*Donnera ce conseil à vostre majesté.*
*Plaise aux Dieux que l'Estat tousiours d'intelligence*
*Imite mon respect & mon obeissance.*

## NITOCRIS.

*Cleodate est celuy sur qui les iustes Dieux*
*M'ont fait porter enfin & l'esprit & les yeux.*

## ARAXE.

*Cleodate Madame! il est incomparable,*
*Et vous ne pouuez faire vn choix plus adorable;*
*Il est digne d'auoir vn rang entre les Rois,*
*Si pourtant son esprit peut souffrir vostre chois.*

## NITOCRIS.

*S'il peut souffrir mon chois!*

### ARAXE.

*Au moins ie l'apprehende.*

### NITOCRIS.

*Expliquez-vous, Araxe, & ie vous le commande.*
*S'il peut souffrir mon chois! parlez, expliquez-vous,*
*Et sur tout gardez-vous de parler en jaloux.*

### ARAXE.

*Permettez donc plutost que ie perde la vie,*
*De peur qu'vn Zele ardent ne passe pour enuie.*

### NITOCRIS.

*Pour ne pas acheuer, vous auez trop parlé,*
*Parlez, parlez, Araxe, enuieux ou Zelé.*
*Quoy vous craindrez l'enuie ainsi que quelque peine,*
*Et vous ne craindreZ pas la fureur d'vne Reine!*

### ARAXE.

*Ie parleray, Madame, & ie suiuray vos lois*
*Puisque vous le voulez & qu'enfin ie le dois.*
*Cleodate est charmé des beauteZ d'Axiane,*
*Pour luy tout autre objet est funeste & profane,*
*Et pour elle soubmis, & pour elle inhumain*
*Iusque sur les Autels il porteroit la main.*

## NITOCRIS.

*Cleodate aimeroit Axiane !*

### ARAXE.

*Il l'adore,*
*& s'il pouuoit plus faire, il feroit plus encore.*

### ALCINE.

*Hé bien, Araxe, il aime, il s'eſt laiſsé charmer,*
*Eſt-ce vn crime, eſt-ce vn mal que l'on doiue blâmer?*
*S'il euſt aimé la Reine auant que de cogneſtre*
*Le deſſein qu'elle auoit de nous donner vn Maiſtre,*
*N'euſſiez-vous pas blâmé cette amoureuſe erreur*
*Comme vn aueuglement, ou comme vne fureur ?*
*Aimer ſeroit vn crime en pareille occurrence,*
*Car le reſpect finit où cet amour commence.*
*Quand il ſçaura les vœux de voſtre majeſté*
*Ses flames cederont à voſtre volonté.*
*Bien qu'à vaincre l'amour on trouue tant de peine,*
*On ſe reſout bien-toſt d'adorer vne Reine,*
*Et quelque humilité qu'on ſemble témoigner*
*Bien-toſt le plus ſoubmis ſe reſout à regner.*

### ARAXE.

*Ie ne condamne point vn amour magnanime,*
*Tout adorable objet rend l'amour legitime;*

*Mais ie condamne au moins ses iniustes desseins,*
*Et ie dois découurir le crime que i'en crains.*
*Qui ne iugeroit pas que sa main trop hardie*
*Fauorise desia le Roy de la Medie?*
*Et que pour obtenir Axiane sa sœur*
*La noire trahison infecte ce grand cœur?*
*Pourquoy vous presse-il dans la paix où nous sommes*
*D'enuoyer à ce Roy tant d'argent & tant d'hommes?*
*Les Scythes qu'il craignoit sont vaincus & deffaits,*
*Et comme vostre Estat, son Estat est en paix.*
*Pourquoy donc tous les iours comme par quelques*
    *charmes*
*Esloigne-il de vous vostre force & vos armes?*
*Qui ne conoistroit pas qu'on forme vn attentat*
*Et que pour l'acheuer on affoiblit l'Estat?*
    *Mais pourquoy l'a-on veu d'vne force obstinee*
*Opposer des raisons contre vostre hymenée?*
*Il redoute qu'vn Roy n'arrache de ses mains*
*Le moyen d'accomplir ses iniustes desseins;*
*Car enfin pouuant tout dans ce puissant Empire,*
*Il a tous les secrets qui peuuent le destruire.*
*Pour gagner Axiane il ose tout tenter,*
*Et par vn crime heureux il veut la meriter.*

### NITOCRIS.

*Quel témoing auez-vous contre cette pratique?*

ARAXE.

### ARAXE.

On prend peu de témoins d'vn dessein si tragique.
Et contre les grands maux que l'on peut redouter
L'apparence est la voix que l'on doit escouter.

### NITOCRIS.

Achate.

### ARAXE.

Elle luy parle.

### NITOCRIS.

Allez, & qu'on le garde.
Lors que l'on se neglige, Araxe, on se hazarde.

### ARAXE.

Assurez-vous, Madame, & pour vous & pour nous.

### NITOCRIS.

Oüy ie m'assureray, mais ce sera de vous.
Si d'vn crime si grand Cleodate est coupable,
Ie sçauray vous traiter en Princesse equitable,
Et si vous répandez sur sa fidelité
Le funeste venin d'vn forfait inuenté,
La mesme en ordonnant ou le prix ou la peine
Ie sçauray vous traiter en equitable Reine.

I

Par le destin d'vn seul estonnant les flatteurs
J'imposeray silence à tous les imposteurs ;
Et si tous les grands cœurs qui portent la Couronne
Imitoient quelquefois l'exemple que ie donne,
La noire calomnië estoufferoit sa voix
Et ne regneroit pas dans la cour des grands Rois.

### ARAXE.

Quand ie veux vous seruir me croyez-vous vn
traistre ?

### NITOCRIS.

Araxe, le succez le fera reconaistre.

### ARAXE.

Qui n'est pas en peril s'il dépend du succez ?

### NITOCRIS.

Croyez que l'equité iugera ce procez.
Allez, retirez-vous.

### ARAXE.

Que mon sort est estrange.

### NITOCRIS.

Ainsi des laschetez ma iustice se vange.

### SCENE III.
### NITOCRIS,
### LCINE.

## ALCINE.

*Mais pardonnez, Madame, à mon Zele indiscret,*
*S'il ne peut se borner, ny se tenir secret.*
*Si vous deuez traiter comme en cette auenture*
*De semblables amis ainsi qu'vne imposture,*
*Qui voudroit estonné par ces tristes leçons*
*Vous donner des conseils sur de iustes soupçons ?*
*Qui n'aymera pas mieux, à couuert de la haine,*
*Vous laisser en peril que de se mettre en peine ?*
*Il est peu de subiets d'vne si haute foy*
*Qui ne s'aiment autant qu'ils respectent leur Roy.*

## NITOCRIS.

*Ie sçay ce que ie fais, & iamais ma puissance*
*Aueugle & sans raison n'attaqua l'innocence.*
*Il est tousiours, Araxe, à regret flechissant,*
*Et tout ambitieux n'est iamais innocent.*
*Moy ie pourrois souffrir ces noires impostures*
*Qui portent iusqu'à moy leurs sanglantes iniures !*
*N'est-ce pas m'attaquer que de faire vn effort*
*Pour m'oster vn subiet par qui l'Estat est fort ?*
*N'est-ce pas attenter que de vouloir destruire*
*Et l'appuy de ma gloire, & l'appuy de l'Empire ?*

## ALCINE.

Oüy c'est vn attentat, mais vostre Majesté
Croira-elle vn soupçon comme vne verité ?

## NITOCRIS.

Ses vieilles trahisons confirment les nouuelles ;
Et ie n'écoute rien pour vn chef de rebelles.

## ALCINE.

Mais la Iustice mesme est vn monstre odieux
Quand elle est sans oreille aussi bien que sans yeux.

## NITOCRIS.

Bien qu'Araxe soit tel que l'Estat l'apprehende ;
Ie ne m'estonne pas qu'Alcine le defende.
Ie voy visiblement ce que ton cœur ressent,
Et ce que nous aymons nous paroist innocent.

## ALCINE.

Moy, moy, ie l'aymerois ! que dites-vous Madame ?

## NITOCRIS.

Ie sçay bien qu'il te trompe, & qu'il est dans ton ame.
Cache ta passion, feins , ie te le permets,
Mais croy que i'ay des yeux où ie ne suis iamais.

Laiſſe-moy pour cette heure, auſſi bien voy-je Achate,
Et crains enfin vn traiſtre à l'inſtant qu'il te flate.

*

## NITOCRIS.

'A-on ſuiuy mon ordre ?

## ACHATE.



      Il eſt executé.
L'on cherche Cleodate , Araxe eſt arreſté.
Mais ſouffrez, que je parle auec cette franchiſe
Que voſtre Majeſté m'a de tout temps permiſe.
Vous auez, ce me ſemble, vn peu trop promptement
Sur vn ſimple ſoupçon rendu ce iugement.
Si ce qu'Araxe a dit n'eſt pas vne impoſture
Qui pourra de ſon cœur effacer cette injure?

## NITOCRIS.

Mais s'il eſt impoſteur, ay-je aſſez promptement
Contre ſa laſcheté rendu ce iugement ?

## ACHATE.

On ne ſçauroit trop toſt chaſtier vn coupable.

## NITOCRIS.

J'ay donc trop differé de paraiſtre equitable.

*Mais s'il ne suffit pas qu'vn Monarque parfait*
*Agisse iustement si quelqu'vn ne le sçait,*
*Sçache ce que i'ay fait, & ce qu'il faut qu'on fasse*
*Enuers les reuoltez qui rentreront en grace.*
*I'ay suiuant des conseils que tu sçeus m'inspirer,*
*Chez Araxe, vn esprit dont ie puis m'assurer.*
*Atis ce confident qu'il ayme sans reserue,*
*Est chez luy de ma part, il le veille, il l'obserue.*
*Bref, il m'a dit qu'Araxe auoit fait le dessein*
*De perdre Cleodate, & mesme par ma main,*
*Que par mon mariage où son orgueil aspire*
*Il pretend me rauir & le sceptre & l'Empire,*
*Et qu'il feint pour Alcine & flame & passion*
*Pour la faire seruir à son ambition.*
*Enfin i'ay decouuert ses fureurs insensees,*
*& ie luy voy former iusqu'aux moindres pensees.*
*Iuge apres des desseins conceus si laschement*
*Si ie dois à ce traistre vn meilleur traitement.*
*Ie ne veux pas pourtant d'vn esprit indomptable*
*Croire de toute erreur Cleodate incapable,*
*Il faut pour bien regner s'assurer en effect*
*& de ceux que l'on ayme, & de ceux que l'on hait.*
*Il n'a pas sur mon ame vne telle victoire*
*Que ie ne puisse encor l'immoler à ma gloire,*
*Ie l'ayme, mais ie l'ayme en sage Potentat*
*Qui perdroit ce qu'il ayme en faueur de l'Estat.*

Mais ne viendra-il point ?

### ACHATE.

On le cherche, Madame.

### NITOCRIS.

Que de soins differens repassent dans mon ame !
L'imposture d'Araxe à me nuire obstiné
Se change en vn soupçon dans mon esprit gesné.
Ie sçay que son discours est vn fameux mensonge,
Que c'est d'vn enuieux & l'ouurage & le songe,
Mais c'est vn songe affreux qui trauaille le cœur,
C'est vn fantosme vain, c'est vn rien qui faict peur.

### ACHATE.

Mais voici Cleodate.

### NITOCRIS.

A quels maux ie m'expose !

Ie te veux seulement demander vne chose,
Ie te veux demander de mesme qu'vn grand bien
Que de la verité tu ne me caches rien.

SCENE V.
NITOCRIS.
CLEODATE

#### CLEODATE.

*Si voftre Majefté demandoit le contraire,*
*Je ne fçay fi mon cœur pourroit vous fatisfaire.*

#### NITOCRIS.

*Aymes-tu? réponds-moy.*

#### CLEODATE.

*Si i'ayme!*

#### NITOCRIS.

*Refponds-moy,*
*Lors qu'on hefite ainfi, l'on veut manquer de foy.*

#### CLEODATE.

*Plutoft le iufte Ciel me puniffe en profane.*

#### NITOCRIS.

*Mais enfin aimes-tu la Princeffe Axiane?*

#### CLEODATE.

*Oüy, Madame, ie l'ayme, & les Cieux irritez*
*Meflent cette amertume à mes profperitez,*
*Lors que i'ay demandé dans ma peine fecrette*
*Que voftre Majefté m'accordaft ma retraite,*

*Ainfi*

Ainsi ie demandois comblé de mille ennuis
Le congé de fuïr des prisons où ie suis ;
Ainsi ie recherchois vn secours necessaire
Pour dompter vn amour qui deuoit vous déplaire,
Et par ce libre aveu d'vn iniuste transport
Ie cherche pour vous plaire ou l'exil ou la mort.

### NITOCRIS.

Donc sans qu'il soit besoin de me faire outrage
Si pour toy mon esprit s'expliquoit dauantage,
Cet amour qui t'arreste en ses douces prisons
Est la seule raison de tes sages raisons.
C'est donc ce seul amour, & non pas Cleodate
Qui donne ces conseils où tant de gloire éclate.
C'est donc ce seul amour aueugle, & non pas toy
Qui refuse le trône, & le grand nom de Roy.
Croy, croy ce Conseiller qui te parle à l'oreille,
Qui trompe autant de cœurs que son charme en cõseille,
Et qui fait preferer d'inutiles liens
Et des maux sans espoir aux plus solides biens.
C'est quelquefois vertu, c'est quelquefois courage
De sçauoir refuser des sceptres en partage ;
Mais en toy, pour toy-mesme & sans cœur & sans foy ;
C'est vn aueuglement qui me vange de toy.
Ayme, ayme toutefois, ne crains rien de tragique,
Nostre pouuoir n'est pas vn pouuoir tyrannique ,

K

*Il se borne où les Dieux ont leurs droicts limitez,*
*Il ne veut pas regner dessus les volontez.*
*Mais au moins réponds-moy, quelle est ton esperance?*
*La Princesse Axiane est-elle en sa puissance?*
*Elle peut comme toy dans l'amour s'obstiner,*
*Elle peut se promettre, & non pas se donner,*
*Les filles de son rang, quoy qu'elles se proposent,*
*Sont les biens des Estats, dont les Estats disposent.*

CLEODATE.

*Ie vous ay dit que i'ayme, helas sans le sçauoir,*
*Car enfin est-ce aymer que d'aymer sans espoir?*
*Non, non, ie n'attends rien d'vne flame si vaine,*
*Sinon que dans vostre ame elle allume la haine,*
*Sinon que cette haine inuincible à son tour*
*Me repousse du trône où m'appelle l'amour.*
*Voyez où me reduit le soin de vostre gloire;*
*I'aimeray vostre hayne ainsi qu'vne victoire,*
*Pourueu que cette hayne appuyant mon deuoir,*
*D'vn rang si glorieux vous empesche de choir,*
*En effect, c'est tomber de la gloire supresme*
*De partager l'éclat qui vient du diadéme.*
*Ainsi ne pensez pas que des feux obstinez,*
*M'inspirent les conseils que ie vous ay donnez,*
*Si i'estois sans l'amour, dont ma raison s'irrite,*
*Ie vous les donnerois auec plus de merite,*

On me croit maintenant aueugle & malheureux,
On me croiroit alors & grand & genereux,
On mettroit mes conseils entre les grands exemples,
Et l'on m'esleueroit à la gloire des temples.
Mais quand ils partiroient d'vn amour odieux,
Qu'importe d'où procede vn conseil glorieux ?
L'amour que ie ressens m'est vn poison funeste,
Mais ie l'estimerois comme vn present celeste,
Si lors qu'il me confond & qu'il me fait rougir
Pour vostre propre gloire il me faisoit agir.

## NITOCRIS.

Mais si ie veux ma honte, & si ie veux ma peine,
Est-ce à toy de regler le destin de ta Reine ?

## CLEODATE.

Mais il est d'vn subiet qui respecte vos lois
De resister aux Rois pour la gloire des Rois.
Pardonnez donc, Madame, à cette ardeur extresme
Qui s'oppose à la main qui m'offre vn diadéme,
Ie croy que cet amour qui peut me faire Roy
Est vn grand attentat que ie fais malgré moy.
    Iusques ici par vous, & pour vous redoutable
I'ay peut-estre rendu vostre Empire indomptable,
I'ay fait pour vostre gloire & pour le rendre heureux
Tout ce que pouuoit faire vn subiet genereux;

*Mais enfin ie conois, & ie commence à croire*
*Que ie n'ay pas tout fait ce que veut voſtre gloire,*
*Je manque en vne choſe où ie puis recourir,*
*C'eſt ce que ie vis encore & qu'il falloit mourir.*

### NITOCRIS.

*Si tu fis pour ma gloire & pour mon auantage*
*Tout ce que pouuoit faire vn illuſtre courage,*
*Pourquoy ne veux-tu pas dans l'eſtat où ie ſuis*
*Que ie faſſe pour toy tout autant que ie puis ?*

### CLEODATE.

*Le deuoir de ſubiet, cette loy que i'honore,*
*M'oblige inceſſamment à faire plus encore.*
*Mais vn autre deuoir où les Rois ſont ſoubmis*
*Veut que vous faſſieZ moins qu'il ne vous eſt permis.*

### NITOCRIS.

*Tiens-toy donc au deuoir, & pour y ſatisfaire,*
*Regarde inceſſamment à qui tu peux déplaire.*
*Va i'ay l'eſprit content.*

✳

### ACHATE.

*Enfin vous le voyeZ*
*Araxe a moins failly que vous ne le croyeZ.*

✳

SCENE VI.
ACHATE,
NITOCRIS,

Tout ce qu'il vous a dit n'est pas vne imposture,
Vous voyez de l'amour, craignez vne autre injure.
Madame, cependant, Araxe est arresté,
Et s'il est innocent, c'est vn Prince irrité.

### NITOCRIS.

Innocent ou coupable, on luy fera iustice.
Mais va-en le trouuer, sonde son artifice,
Sers toy de ton esprit pour conoistre le sien,
Flatte, promets, menace, enfin n'espargne rien.

*

### NITOCRIS seule.

Ha que i'esprouue bien parmy tant d'auantages
Que le trosne est vn Ciel iusqu'où vont les orages,
Ou que c'est vn Autel sur vn globe attaché
Dont le Dieu n'est souuent qu'vn esclaue caché,
Dont le Dieu pallissant du soin qui le deuore
Est plus infortuné que celuy qui l'adore.
Ie puis assujettir tout vn monde nouueau,
Ie puis tout dans vn rang & si noble & si beau,
Excepté seulement qu'vn subjet trop fidelle
Conuertisse en amour les flames de son zele.
I'aiday par mon pouuoir sa debile vertu,
De gloire & de splendeur ma main l'a reuestu,

De degreʒ en degrez, l'amour qui me gourmande
L'approche adroitement du trofne où ie commande,
Bref ie l'ay mis au rang qu'il penfe auoir trouué,
Et pour defcendre moins ie l'ay plus efleué.
Ie comble enfin d'honneur vn fubiet qui me dompte
Pour l'aimer feulement auecque moins de honte,
Et cacher à mes yeux, comme vn indigne objet,
Parmi tant de graudeurs le titre de fubiet.
Cependant, ô fureur, dont l'attainte fatale
Mefle aux fenx de l'amour vne flamme infernale:
Tant de biens, tant d'honneurs dont i'ay crû l'afferuir
N'ont aidé qu'à me nuire, & qu'à me le rauir,
N'ont aidé feulement qu'à luy donner l'audace
D'offrir ailleurs vn cœur qu'il deuoit à ma grace.
Il ne s'en cache point, il monftre ouuertement
Qu'il ne craint ny mon bras, ny mon reffentiment:
Et comme il ne fe peut par vn deftin funefte
Qu'auec beaucoup d'amour on foit long-temps mo-
   defte,
Criminel en fon cœur peut-eftre qu'il pretend
Meriter Axiane en me precipitant.
Si ie ne voy fon crime & fa fureur extrefme,
N'eft-ce pas l'auoüer que de dire qu'il ayme?
Au moins en cet amour qu'il fuit aueuglement
N'en voy-je pas la caufe & le commencement?
Songe en Reyne attaquee à ta propre affurance,

*Tu dois tout à ton bien, & tout à ta vengeance,*
*N'attends pas les effects de sa presomption,*
*Et preuiens l'attentat par la punition.*
  *Mais iusqu'où va l'ardeur de mon ame insensee ?*
*Croiray-je vn imposteur ? croiray-je vne pensee ?*
*Que ne fait pas à croire à l'esprit offensé*
*L'amour qui se déregle & qui se croid blessé ?*
*Pourquoy trouuer estrange en Princesse inhumaine*
*Qu'auec vne autre amour il refuse vne Reine,*
*Si pour luy maintenant, trop aueugle pour moy*
*Mon esprit insensé refuseroit vn Roy ?*
  *Mais quoy que la douceur & m'inspire & m'or-*
    *donne,*
*Que ne doit-on pas craindre auec vne Couronne ?*
*Cleodate est puissant, & si fort desormais*
*Que ie redoute en luy ma grace & mes bienfaits.*
*O Dieux! au triste estat où me met mon caprice*
*Tout me semble vn tonnerre, & tout vn precipice ;*
*I'ay peur de mon amour, i'ay peur aussi de moy,*
*Le bras qui m'appuya me donne de l'effroy;*
*Car enfin quand l'amour est vne fois extresme*
*Le plus sage peut-il répondre de soy-mesme ?*
*Et lorsque l'on le peut, qu'a-t'on iamais vangé*
*Auec plus de plaisir qu'vn amour outragé ?*

*



### NITOCRIS.

*Que veut-on ?*

### ALCINE.

*S'il est vray ce que l'on nous asseure,*
*Le frere d'Axiane est dans la sepulture.*

### NITOCRIS.

*Le Roy de la Medie !*

### ALCINE.

*On m'a dit qu'il est mort.*

### NITOCRIS.

*J'en ay de la douleur, & j'attends mesme sort.*

Fin du quatriesme Acte.

# ACTE V.

## SCENE PREMIERE.

### ACHATE, ALCINE.

#### ALCINE.

RAXE a-il commis ces fautes effroyables?

#### ACHATE.

Il parle en innocent comme tous les coupables.

#### ALCINE.

Mais où retournez-vous? ne puis-je le sçauoir?

#### ACHATE.

Ie vay le retrouuer, la Reine le veut voir.
Depuis qu'elle a receu les Deputez des Medes,
Il semble que son mal surpasse les remedes,
Son amour, son despit, vn soupçon eternel
Luy peignent Cleodate ainsi qu'vn criminel;

Enfin pour peu qu' Araxe en donne d'apparence,
Ie crains pour Cleodate, & pour son innocence.
Que ne peut vn dépit si vif & si pressant
Alors qu'il se rencontre auec vn bras puissant ?

### ALCINE.

En effect, Cleodate aura peu de semblables.

### ACHATE.

En effect, on void peu de ces cœurs adorables.

### ALCINE.

Quelques-vns les prendroient pour des esprits blessez.

### ACHATE.

Les seuls ambitieux les croiront insensez.

### ALCINE.

Enfin pour refuser vn sceptre qu'on apporte,
Il faut auoir vne ame ou bien foible ou bien forte.

### ACHATE.

Chacun en iugera selon sa passion.
Mais il faut m'acquiter de ma commission.

## ALCINE seule.

Que l'extresme fureur dure peu dans vne ame
Lors que l'amour y iette vn rayon de sa flame!
Helas! i'ay souhaité comme pour me vanger
Qu'Araxe succombast sous ce dernier danger,
Et quand ie voy sa peine, & ma vengeance preste,
Ie voudrois que son mal retombast sur ma teste.
O Dieux! ô iustes Dieux quel crime ay-je commis
Pour aimer le plus grand de tous mes ennemis?
Car des plus noirs destins la fureur donne-elle
Vn plus grand ennemi qu'vn amant infidelle?
Les autres ennemis & vaincus & deffais
Pour le moins en leur mort nous laissent quelque paix.
Et de cet ennemi la perte deplorable
Laisseroit dans mon ame vne guerre effroyable.
Ie souhaite sa mort, & pourtant ie la crains,
Mon ame le deteste, & pourtant ie le plains,
Et tousiours sans repos inconstante & confuse,
Ie fay des vœux pour luy quand mesme ie l'accuse,
Ie ne regarde plus l'iniure qu'il me fait,
Ie regarde l'horreur où son destin le met,
Ie voudrois son salut à moy-mesme cruelle,
Mesme aux conditions qu'il me fut infidelle.
Mais la Reine.....

SCENE II.
NITOCRIS,
CLEOD.ATE
ALCINE,

### NITOCRIS.

*On sçaura ce que i'ay projetté.*

### CLEODATE.

*Auez-vous des soupçons de ma fidelité ?*
*Croyez-vous que la mort d'vn Prince magnanime*
*A mon transport aueugle adiouste quelque crime ?*
*C'est là l'horrible nom que ie donne à l'espoir*
*Si vostre Majesté me defend d'en auoir.*
*Enfin, lors qu'on m'attaque auec tant d'iniustices*
*Croirez-vous l'imposture & non pas mes seruices.*

### NITOCRIS.

*Au moins ta liberté monstre assez clairement,*
*Que mon esprit douteux suspend son iugement.*

### CLEODATE.

*Ha! Madame, ce doute honnore l'imposture,*
*Et fait à l'innocence vne mortelle injure.*

### NITOCRIS.

*S'il blesse l'innocence, il repare ce tort*
*En rendant son triomphe & plus noble & plus fort.*

Mais obeis, va voir Axiane, & l'ameine.
  Ainsi ie veux m'oster de soupçon & de peine.
Si le rapport d'Araxe éuente des desseins,
Au moins mes ennemis seront entre mes mains.
Mais doy-je à la vertu moy-mesme trop ingrate
A ta trahison mesme exposer Cleodate?
Et contenter enfin un amour irrité
Sous ombre de veiller pour mon autorité?
O Dieux, que la fureur ressemble à l'iniustice!
Mais Araxe vient-il.

ALCINE.

O Ciel sois luy propice!

*

SCENE III.
NITOCRIS,
ARAXE,

NITOCRIS.

Mais il entre, sortez, ie veux l'interroger.
Achate esloignez-vous, & m'en laissez iuger.
  Araxe parle-moy, mais aues confidence,
Dy-moy la verité, ie t'offre ma clemence,
Tu trauailles toy seul à te precipiter,
Tu t'és mis en peril, mais tu peux t'en oster.
Ie sçay que Cleodate est innocent du crime
Dont tu voulois noircir sa gloire & son estime;
Mais ce n'est pas assez, ie veux que deuant moy
Tu confesses le tort que tu fais à sa foy.

*Parle, & ne cherche point dans la feinte vn refuge,*
*Je seray seule icy ton témoin & ton Iuge,*
*Et selon ta response, & non selon tes vœux,*
*Ton Iuge te sera propice ou rigoureux.*
*Ne crains point de rougir en ma seule presence,*
*Qu'vn acte de vertu t'achepte ma clemence.*
*Si dans les nobles cœurs la honte est vn tourment,*
*Pourrois-tu receuoir vn moindre chastiment ?*
*Au moins prens assurance en la joy d'vne Reine,*
*Que rougir deuant moy sera ta seule peine.*

ARAXE.

*J'ay pensé vous seruir de vous representer*
*Ce que tant de raisons me faisoient redouter,*
*Mais si c'est vn forfait qui regarde l'Empire*
*Que de dire trop tost ce que le zele inspire,*
*J'ay failly, ie l'auouë, & ne m'en repens pas,*
*Puisque c'est pour sauuer & vous & vos Estats.*

NITOCRIS.

*Quoy, n'est-ce pas assez de la premiere injure ?*
*Voulez-vous à l'audace adiouster l'imposture ?*
*Vsez de ma bonté lors que vous le pouuez,*
*Vous estes prest à choir si vous vous esleuez,*
*Songez donc que ie suis, lors que i'en ay l'enuie,*
*Maistresse de la mort ainsi que de la vie,*

*Et que les Dieux n'ont point d'espace limité*
*Entre vous & la mort sinon ma volonté.*

## ARAXE.

*Je sçay que ie dépends de vostre bras auguste ,*
*Ie sçay qu'il est puissant , mais ie sçay qu'il est iuste ;*
*Comment pourra-on rendre vn Roy victorieux*
*Si l'on n'ose monstrer ceux qu'on croid factieux ?*
*C'est ouurir la carriere aux plus enormes crimes*
*Que de fermer la bouche aux auis legitimes ;*
*C'est appeller le mal & le déreglement ,*
*Que d'oster d'vn Estat la peur du chastiment ;*
*C'est assurer le traistre , & réueiller la ruse ,*
*Car enfin qui craindra si personne n'accuse ?*
*Il faut pour leur repos que les plus iustes Rois*
*Laissent la liberté d'accuser quelquefois.*

## NITOCRIS.

*Ne vous ruinez point auecque cette audace ,*
*Pour la derniere fois ie vous offre ma grace ,*
*Vn mot de resistance allume mon courroux ,*
*Voulez-vous des témoins, on les prendra chez vous.*

## ARAXE.

*Ha Madame !*

NITOCRIS.

*Acheuez,*

ARAXE.

Quoy que ie puiſſe faire
Ie ne crains pas la mort, ie crains de vous déplaire,
Ie cede à ce rayon de la diuinité
Qui reluit ſur le front de voſtre majeſté,
Et dont le vif éclat plein de force & de gloire
Trouue la verité dans l'ame la plus noire.
Oüy, Madame, ce cœur oſa bruſler pour vous,
Et mon mal & mon crime eſt celui d'vn jaloux.
Ie me laiſſay charmer, non par le diadéme,
Mais par voſtre vertu, mais enfin par vous-meſme;
Et ſi par vn deſtin du Ciel autoriſé
Entre vous & le ſceptre on m'auoit expoſé,
Ie quitterois le ſceptre à qui voudroit le prendre,
Et i'irois à vos pieds me ſoubmettre & rendre,
Plus content de mes fers, s'ils eſtoient approuuez,
Que les ambitieux, des titres releuez.
Ie parle librement, ô Reine magnanime,
Mais c'eſt vn criminel qui confeſſe ſon crime,
Et qui croiroit cacher & dérober au iour
Son crime le plus grand s'il cachoit ſon amour.
Cet amour fait donc voir au moment qu'il éclate
Qu'Araxe fuſt jaloux du bien de Cleodate;

Qu

*Que ie l'aurois souffertcomme maistre & vain queur*
*Regnant dessus vn trosne, & non dans vostre cœur.*
*Voila mes attentats, mon sort vous les expose,*
*L'amour les a commis, & vous en estes cause,*
*Car si vostre merite eust esté moins puissant*
*Je n'aurois pas aimé, ie serois innocent.*

*

## NITOCRIS.

*Sortez, & qu'il demeure en la chambre prochaine.*
*Vous le voyez, Achate, & sa faute est certaine,*
*Et par vn artifice insolent, odieux,*
*Et digne seulement d'vn cœur ambitieux,*
*Il veut faire seruir & sa faute & son crime*
*A surprendre auiourd'huy mon cœur où mon estime.*
*Enfin par ce succez, ie commence à preuoir*
*Que l'hymen souhaité blesseroit mon pouuoir,*
*Et vay par les conseils que Cleodate donne,*
*Qu'il ayme en bon subiet le bien de ma Couronne.*

## ACHATE.

*C'est là le sentiment que ma fidelité*
*S'efforça d'inspirer à vostre Majesté.*

## NITOCRIS.

*Il faut donc faire voir ma force & mon courage,*
*Mais, helas! i'entreprends vn difficile ouurage.*

M

Pour gagner sur soy-mesme vn pouuoir souuerain
Il faut estre long-temps à soy-mesme inhumain.
Comme les autres biens d'vne valeur extresme
On n'a iamais pour rien l'empire de soy-mesme ;
Il ne se donne pas, il le faut arracher,
Bref, cet Empire est beau, mais il couste bien cher.
I'entreprens toutefois cette grande victoire,
I'establis à me vaincre & mon bien & ma gloire,
Enfin i'ouure les yeux, & les iette sur moy,
Enfin i'ay resolu que mon cœur soit mon Roy,
Et par quelques liens que l'amour nous entraisne
L'amour mesme apprendra que ie suis Souueraine.
Mais que ne peut-on suiure vn si noble dessein
Aussi facilement qu'il entre dans le sein ?
Et pour l'executer quelle main nous assiste
Si l'ame qui le forme elle-mesme y resiste ?
Ie sens bien que l'amour à qui l'on veut toucher
Est vn trait que l'on rompt en pensant l'arracher,
Qu'il est dedans nostre ame vne fleche funeste,
Qu'on n'en arrache point que quelque esclat n'y reste,
Et que ce seul esclat qu'on ne peut descouurir
A tué bien souuent ceux qui pensoient guerir.
Enfin l'amour m'oppose autant de resistance
Que i'arme contre luy de force & de constance.
Ie l'attaque, il m'attaque, il deuient le plus fort,
Et mesme dans mon sein il trouue du renfort,

*Puis que mon cœur, encore insensible à ma gloire*
*Craint en le combattant d'obtenir la victoire,*
*Et qu'il semble combattre en ce douteux instant*
*Comme on fait contre ceux auec qui l'on s'entend.*
*O cœur! ô foible cœur! mais quoy veux-je me rendre,*
*Ayant desia reduit l'amour à se deffendre?*
*Non, non, dans quelques fers que le cœur ait vescu*
*L'amour qui se defend est à demi vaincu.*
*Acheue de marcher sur des flammes si vaines,*
*Considere qu'vn trosne est plus beau que des chaisnes,*
*Mille exemples fameux nous peuuent enseigner*
*Qu'on se lasse d'aimer, mais non pas de regner.*
*Demeure donc au rang où le Ciel te fit naistre,*
*Ne conoy que le Ciel pour arbitre & pour Maistre,*
*Et sans nous exposer à receuoir des lois*
*Regnons enfin sur ceux que nous ferions nos Rois.*

## ACHATE.

*Ha que cette victoire est digne d'une Reine!*

## NITOCRIS.

*Que feray-je d'Araxe? enfin i en suis en peine,*
*Et tout ce qu'il a fait excite mon courroux.*

## ACHATE.

*En faueur du triomphe obtenu dessus vous,*

M ij

*Comme au iour solemnel d'vne grande victoire*
*Deliurez vn coupable, & luy rendez sa gloire.*
*Mais afin d'empescher que quelque ambition*
*Ne renaisse en son ame à sa confusion,*
*Arrestez cet esprit qui s'agite sans cesse*
*Par l'hymen glorieux d'vne belle Princesse.*
*Alcine est de son rang, elle l'acceptera,*
*Et pour se garantir Araxe l'aymera.*

### NITOCRIS.

*Qu'on les fasse venir, essayons ces remedes.*

✱

SCENE
derniere.
NITOCRIS,
AXIANE.
CLEODATE.
ARAXE,
ALCINE,

*Mais voici Cleodate, & la Reine des Medes.*
*Acheue noblement le trauail entrepris,*
*Et sois enfin toy seule, & ton bien & ton prix.*
*    Il est temps de penser apres ces larmes vaines*
*Que le Ciel vous a mise au rang des souueraines.*
*Ie vous ay desia dit qu'vn long & grand effroy*
*Oblige vos subiets à souhaiter vn Roy.*
*Desia leurs Deputez vous l'ont fait reconaistre,*
*Et comme c'est à moy qu'ils demandent vn Maistre*
*On m'oblige à porter vostre esprit genereux*
*Au choix qu'ils veulent faire & pour vous & pour eux.*

## AXIANE.

Ils commencent bien-tost à maltraiter leur Reine,
De la voüer peut-estre à l'objet de sa haine.
Madame pardonnez à mon ressentiment.
Ie veux bien me soubmettre à vostre iugement,
Mais est-il de l'honneur d'un trosne hereditaire
Que ie prenne des loix d'vn peuple tributaire ?
Mais est-il du deuoir des fidelles subiets
Que sans me consulter ils fassent des projets ?
Ils demandent vn Roy comme vn bien necessaire,
Mais ce Roy doit me plaire auant que de leur plaire,
Et pour vous rendre honneur ie doy leur témoigner
Que i'ay par vostre exemple appris à bien regner.

## NITOCRIS.

Ce n'est pas vne loy que leur main vous impose
C'est vn iuste dessein que leur crainte propose,
Et ce puissant destin qui veille incessammens
Monstre par vostre amour qu'il fait tout sagement.
Ce que vous pretendez est tout ce qu'ils pretendent,
Vous aimez Cleodate, & c'est luy qu'ils demandent.
Par vn presage heureux qu'ils seront bons subiets
Mesme sans y penser ils suiuent vos projets.

## AXIANE.

Ie ne vous niray pas qu'il est si magnanime
Qu'on doit à sa vertu bien plus que de l'estime.
Mais sçachant vos desseins ainsi que vostre choix
S'il estoit dans mon cœur, ie vous le renuoyrois.

## NITOCRIS.

Enfin ie vous le cede, ainsi qu'vne victoire,
Et pour vostre auantage, & pour ma propre gloire.
Vous pouuez noblement l'aimer à vostre tour,
Vous pouuez l'estimer digne de vostre amour,
Puisque par sa vertu qui se rend immortelle,
Vne Reine auiourd'huy l'a iugé digne d'elle.
Il souftint vostre trofne, il le sceut arrefter,
Et qui souftient vn trofne est digne d'y monter.

## AXIANE.

Il faut suiure vos loix sur peine d'eftre ingrate,
Mais que puis-je donner au fameux Cleodate,
Ie ne luy donne pas vn trofne qu'il sauua,
Madame, il le conquit lors qu'il le conferua.

## NITOCRIS.

Accepte, Cleodate, vn sceptre qu'on te donne,
Tu ne pouuois manquer d'auoir vne Couronne,

Et quoy qu'eust fait le Ciel, il ne t'eust rien donné
Si sa puissante main ne t'auoit couronné.

## CLEODATE.

Puisque vous le voulez, i'accepte la puissance,
Mais i'estois satisfait de mon obeissance ;
Et vous faites vn Roy qu'apres tant de bienfaits
Vous compterez, tousiours au rang de vos subiets.
Mais puisqu'il faut regner, souffrez que ie commence
Par vn acte de paix, d'amour & de clemence.
Araxe a contre moy sans subiet attenté,
Ie demande sa grace à vostre Majesté.

## NITOCRIS.

Iamais ma volonté qui tasche d'estre iuste,
N'empeschera le cours d'vne action auguste.
  Araxe, des bontez tousiours dignes des Rois
Iettent l'œil dessus toy pour la seconde fois,
Et la prison fatale où ma loy te destine,
C'est le cœur amoureux de la Princesse Alcine.

## ARAXE.

Qu'on reçoit aisément vn iugemens si doux.

### NITOCRIS.

*Ainsi ie veux enfin fauorable pour vous*
*Qu'on me conoisse moins par vn beau diadéme*
*Que par vn grand triomphe obtenu sur moy-mesme,*
*Et que par mon exemple on aille racompter*
*Qu'on peut dompter l'amour quand on veut le dompter.*

## FIN.